騙《かた》る

黒川博行

Kurokawa Hiroyuki

文藝春秋

目次

騙《かた》る

マケット

1

大阪外環状線、富田林新家《とんだばやししんけ》の交差点を左折した。一方通行路を東へ行く。向南高校をすぎると、青や茶色の塗り瓦の家が立ち並んだ住宅地に入った。木造モルタル三階建の一階部分をガレージにしている、こぢんまりした家が多い。

佐保《さほ》は地区集会所のブロック塀に掛けられた住宅案内板の前に車を停めた。案内板はペイントが剝げて錆が浮いている。戸数は七、八十。集会所の北、住宅地の端のほうに《大石《おおいし》》と書かれた家を見つけた。そう多くはない名だからまちがいないだろう。道順を頭に刻んで、また走り出した。

大石の家は丈の低い煉瓦塀の一戸建だった。屋根付きカーポートに旧車のフォルクスワーゲン・ビートルを駐《と》めている。大石の趣味だろうか、黒のビートルはバンパーからホイールまでぴかぴかに磨きあげられていた。

佐保はブリーフケースを持って車を降りた。ワイシャツの襟元を直してインターホンを押す。ほどなく玄関ドアが開いて小肥りの男が顔をのぞかせた。この暑いのに、長袖の黄色いTシャツを着ている。

「初めまして。美術年報社の佐保と申します」頭をさげた。

「ああ、待ってました。時間どおりですな」

大石は愛想よくいって、外に出てきた。

カーポート奥のアトリエに通された。天井は高いが、そう広くはない。樹脂タイルの床はところどころが欠けていて、点々と絵具が落ちている。イーゼルが十数脚、筆洗のバケツや絵具皿が流しのそばに山と積まれている。佐保の視線に気づいたのか、大石は、

「ここで教室やってますねん。生徒さんが二十人もおるし、大変ですわ」

「水彩画はむずかしいですよね。油絵より」

「そう、そのとおりですわ。油は塗り重ねができるし、気に入らんかったらナイフで削ったらええ。水彩はそれができんからね」

佐保は壁に並んだ額に眼をやった。どれも花を描いた五号大の自作の静物画だ。薔薇や木槿《むくげ》や鉄線が淡い色彩で描かれている。基本的なデッサンはできるようだが、構成と色感がわるい。なるほど、これでは素人受けしないし、売れないはずだ。

「ま、座ってください」大石はベンチソファに腰をおろした。

佐保はキャスターのスチール椅子を引き寄せて腰かけた。床がぎしぎしする。

「あらためてご挨拶します」

低頭し、『アートワース』の名刺を差し出した。大石は受けとって、

「あなた、編集長ですか」

「肩書だけです。編集から広告まで、できることはなんでもやってます」

実際、そのとおりだ。『アートワース』編集長、『美術年報』副編集長、出版部次長、営業部次長と、相手によって適当な名刺を使い分ける。『アートワース』以外の肩書が〝副〟扱いなのは、四十代半ばの佐保の齢《とし》を考えてのことだ。

大石も名刺を出した。両手で受けとる。

《勁草会《けいそうかい》代表　大阪水彩画家協会理事　富南市美術協会理事　快成会美術顧問　大石耕介《こうすけ》》と、肩書だらけだ。名刺の裏には《勁草会賞・内閣総理大臣奨励賞・大阪水彩画家協会大賞》と、受賞歴を羅列している。勁草会は大石が主宰している弱小団体だから受賞はお手盛りだし、日展、院展、創画会はともかく、勁草会の申請に応じて授与される内閣総理大臣賞など欠片《かけら》の値打ちもない。そもそも総理大臣賞に奨励賞などあったのか。佐保は笑いをこらえて、

「この、快成会美術顧問というのは……」

「医療法人ですわ」

「医療法人？」

「快成会病院て、ありますやろ」

「はい、中津の快成会は知ってます」

「富田林の快成会病院にね、ぼくの作品を飾ってますねん」

「なるほど。そうでしたか」

快成会病院が大石の絵を買ったわけではない。大石が寄贈したのだ。病院は迷惑だろうが、富南市美術協会理事の申し出を無下には断れなかったのだろう。

こいつは相当の食わせもんやで——。佐保は嗤《わら》った。顔には出さない。

「——で、先日お話しした件はご検討いただきましたでしょうか」

佐保はブリーフケースから『アートワース』を出してテーブルに置いた。A4判の平綴じ、全ページがグラビア印刷の美術雑誌だ。年に六回、奇数月に発行する。「九月号にはぜひ、先生にご登場願いたいと思っております」

「取り上げてもらうことに異存はないんやけどね」

大石は『アートワース』に視線を向けて、「予算的なところを、もうちょっと考えてもらえんかな」

「もちろん、ご相談には乗りますが」

佐保はうなずいた。「先生のご希望は」

「きりのええとこで、二十でどうです」

「それは先生、きついです」

先週、大石には三十万円の掲載料を提示した。カラーの見開き二ページだ。

「おたく、編集長でしょ。それくらいの決裁はできますやろ」

勁草会代表は押しが強い。が、はいそうですかといえば舐められる。

「九月号の巻頭インタビューは日陽会の谷井晃《たにいあきら》先生です。芸術院会員が同じ誌面に登場するんですよ」

『アートワース』は洋画、日本画、水彩画、版画など、大石のような無名画家に営業をかけて、その画家の作品と紹介記事を掲載する。いわば、編集部が選んだ〝期待の作家〟といった体裁で誌面に載せるのだが、同じ号に芸術院会員クラスの有名画家のインタビューなどを掲載すれば、読者は無名画家が有名画家と同じレベルにあるかのように錯覚する。そうして表立っては作品の価格には触れず、あくまでも芸術的価値で掲載しているというふうに装うのが要諦で、画家や画商は『アートワース』という媒体を有効利用して市場価値のない作品を客に売りつけ、そのような相互扶助的な仕組みで成立しているのが、いわゆる〝美術雑誌ビジネス〟なのだが、昨今はそのビジネスモデルが危うくなっている。美術系の年鑑や名鑑にあげられた作家の号あたりの価格とマーケットの実勢価格がかけ離れていることに、客が気づいたからだ。『アートワース』も本誌の『美術年報』も定期購読者が減り、発行部数もここ十年で半減した。最近は広告も入らない。

「佐保さん、確かに谷井晃は大物やけど、油絵ですわ。ぼくは水彩の作家やし、分野がちがいますわな」

「分かりました。わたしの判断で、掲載料は二十五万円でいかがでしょうか」

値引きは最初から見込んである。「先生のお作は三点を紹介させていただきます」

「ぼくが載った本は何冊もらえるんですか」

「通常は三冊ですが、五冊おとどけします」

「十冊にしてくれんですか」大石は粘る。

「承知しました。十冊、献本します」

大石は勁草会の子分や水彩画教室の生徒に掲載誌を買わせるつもりなのだ。「それと、掲載者購入は二十パーセント引きです。百冊単位で購入される先生方もいらっしゃいます」

『アートワース』の定価は二千八百円だから、百冊を捌くと五万六千円のマージンになる。大石はそのあたりを計算したのか、

「二十五万円。それでけっこうですわ。お願いしましょ」

「ありがとうございます」

契約は成立した。インタビューと撮影の段取りを説明し、日時を決めた。金は今週中に振り込んでもらう。

麦茶の一杯も出なかった。佐保は外へ出るなり、煙草を吸いつけた。

2

暑い。月極駐車場から汗みずくで編集部に帰り、冷蔵庫から烏龍茶を出したところへ、啓《けい》ちゃん、と菊池《きくち》が手招きした。佐保は菊池のデスクへ行く。

「大石の契約、とりました。二十五万です」

「ご苦労さん。……ま、一服してくれといいたいとこやけど、こんな手紙が来た」

菊池は抽斗《ひきだし》から封筒を出した。「読んでくれ」

宛書きは《美術年報社　アートワース　菊池康祐《こうすけ》様》、差出人は《宮前邦子《みやまえくにこ》》とある。

佐保は封筒をとり、中の便箋を広げた。極細の万年筆で書いたのだろう、罫の中に小さくまとまった神経質な字だ。

丁寧な時候の挨拶からはじまって、《先日九十歳になりました叔母の入院を機に楢沢《ならさわ》の家を整理していましたら、書斎の机の中に菊池様のお名刺がございました。なにぶんにも美術畑には知人とておらず、ふつつかながらお手紙を差し上げた次第です》とつづき、《そんなことで楢沢知也《ともや》が残したコレクションを処分したく思いたち、お知恵をいただければ幸甚です》と結んでいた。

「楢沢知也……。大物やないですか」

佐保もその名を知っている近代抽象彫刻の大家だ。「どこで名刺を渡したんです」

「憶えてへんのや。どこぞの展覧会かパーティーで挨拶したんかもしれん」

楢沢の風貌は記憶にある、と菊池はいう。大柄で、眼も鼻も大きい。鼻下とこめかみからあごにかけて白い髭を生やしていた、と。

「楢沢が亡くなったんは」

「昭和の終わりごろやろ。滋賀の近代美術館で回顧展したのを憶えてる」

佐保が大学生のときだ。当時は美術のことなど、一片の興味もなかった。

「どないする。わしは協力してもええと思うんやけどな」

「協力するのはかまへんけど、楢沢は抽象でしょ。抽象彫刻は売れませんで」

「手紙にはコレクションと書いてる。なにも楢沢の作品だけやないやろ」

これは儲け話だと、菊池の思わせぶりな口調で分かる。「――啓ちゃん、行ってコレクションを見てくれ。楢沢知也が蒐集《しゅうしゅう》したコレクションなら、値打ちもんがあるはずや」

「分かりました。行ってみますわ」

「抽象彫刻を勉強するのもええで。芸の肥やしになる」

菊池は上機嫌だ。業界三十年の古狸で、『美術年報』の編集長と『アートワース』の編集顧問をしている。美術年報社の親会社は大阪日報という三流夕刊紙で、菊池はそこから飛ばされてきた。北浜の美術年鑑屋で同じような仕事をしていた佐保は、菊池にスカウトされて十数年前からこの編集部にいる。部員は佐保のほかに、高橋《たかはし》、加藤《かとう》という古参がふたり。『美術年報』『アートワース』の印刷製本は大阪日報に委託している。

「けど、この手紙、連絡先がないですね」

封筒の裏書きは《大阪市西区立売堀《いたちぼり》八―五―十八―七〇一　宮前邦子》だが、電話番号は書かれていない。

「まず手紙を出して、そのあとで電話をする。作法にかなっとるわ」

「年寄りみたいですね」そんな気がする。

「九十の叔母の姪や。七十くらいの婆さんやろ」

「楢沢知也を調べてから行きますわ」

立売堀は天神橋の美術年報社からそう遠くはない。タクシーで十分だろう。

佐保は席にもどった。パソコンの電源を入れ、烏龍茶を飲む。経理の竹内《たけうち》が、

「佐保さん、精算。半月もたまってますよ」と、横目で睨んだ。

「そうか。明日、出すわ」

愛想のない女だ。おれが立て替えてるんやからかまへんやろ——。どうせ大した額ではない。

佐保の使う経費は営業で持っていく手土産の菓子代と交通費がほとんどだ。『アートワース』から作家の個展や展覧会に花を贈るようなことはしないし、接待で飲み食いすることもない。

パソコンが立ちあがった。グーグルの検索で〝楢沢知也〟と入力する。ウィキペディアが出た。

《楢沢知也（ならさわともや　１９１２年5月23日－１９８８年2月11日）は、彫刻家。日本の抽象彫刻の先駆者。滋賀県大津市生まれ。滋賀県立膳所《ぜぜ》中学校、東京美術学校卒。常に抽象的な形態にこだわり続け、機知に富んだ立体作品で高く評価された——。

１９３６年、具象彫刻「N氏の憂鬱」で文展に初入選したのを機に油画から彫刻に転じ、彫刻家池田洋一郎に師事した。50年、二元美術協会彫刻部創立に参加。具象から抽象に移行した。56年に渡仏、57年に帰国後は個展を主に作品を発表。金属を使用したダイナミックな立体造形を見せる。63年、二元会退会。59年～75年、京都市立美術学校彫刻科教授。

58年「虫のかたち」で高村光太郎賞。70年「さんかくしかく」で中原悌二郎賞。72年「ふぉるむ」が現代国際彫刻展で大賞。須磨離宮彫刻展、宇部野外彫刻展、楡の森野外彫刻展ほかで審査

員。86年、芸術選奨。その幾何学的造形理論は後の彫刻家に多大の影響を及ぼした。》

大物やな――。想像以上の経歴だった。楢沢知也の作品を画像検索する。各地の美術館に所蔵されている楢沢の作品（鋳造とスチール製）は、どれも人間の背丈ほどの円錐や球、正四面体や正六面体を曲面で切りとり、再構成したものが多かった。その接地面は小さく不安定で、いまにも倒れそうな感じがする。抽象彫刻は一見したときに、ほかのなにかを連想させるものが多いが、楢沢の作品にはそんな連想性がまったくなかった。その形態はそのままの形態としてそこに存在していた。

これが幾何学的、ということか――。

楢沢の作品を扱っている画廊と画商を検索した。立体はない。シルクスクリーン版画がいくつかあったが、価格は三十万円から四十万円だった。

煙草の灰がキーボードに落ちた。あわてて吹き飛ばす。

「ちょっと、やめてくださいよ」竹内がわめいた。

「わるい、わるい」

煙草を揉み消した。パソコンの電源を切る。「さて、出かけるか」

竹内は不満たらしく羽箒でデスクを払っている。

「外は暑いで。日傘が要る」

色の黒い竹内に嫌味でいい、ブリーフケースを提げて編集部を出た。

天神橋筋商店街の和菓子屋できんつばを買い、箱に詰めてもらった。タクシーで立売堀へ。新なにわ筋、日生病院のそばでタクシーを降りた。電柱の住所標示は《立売堀8丁目》だ。コンビニの角を左にまがると、道路側にベランダが張り出た十数階建のマンションがあった。

これか……。玄関庇に《あさひレジデンス》。ガラスの自動ドアの右にオートロックのコントローラーがある。佐保は『7』『0』『1』と、ボタンを押した。

──はい、宮前です。

返事が聞こえた。佐保はコントローラーのレンズに向かって一礼する。

──美術年報社の佐保と申します。お手紙を拝読しまして参上しました。

──あら、ごめんなさい。わざわざ来ていただいたんですか。

──お会いして、お話をうかがいたいと思いました。

──それは、それは。お入りください。

オートロックが解除される音がした。

エレベーターで七階にあがると、廊下に小柄な女が立っていた。佐保に向かって深くお辞儀をする。白いブラウスにグレーのスカート、白髪を淡い紫に染めている。

「すみません。わざわざ出ていただいて」

「どうぞ、こちらです」

701号室に入り、玄関横の部屋に通された。白いクロス張りの壁、花柄のカーペット、レースのカーテン、ベージュの布張りソファ、どれもが安っぽい。サイドボードの上に掛けられた三点のシルクスクリーン版画は楢沢知也の作だろうか。丸や三角や四角を組み合わせて、重なった部分に赤や青の原色を入れている。シンプルでけれんみのない抽象版画だが、おもしろくはない。

「いきなり押しかけまして、申し訳ありません」

あらためて低頭し、『アートワース』の名刺を差し出した。邦子は両手で受けとったが、眼鏡をかけないと見えないのか、ブラウスのポケットに入れて、

「どうぞ、おかけください」

「ありがとうございます。これ、甘いものですが」

きんつばの箱を手渡してソファに腰をおろした。邦子も座る。そこへ、ノック。ドアが開き、髪を後ろにまとめたジーンズの女が盆を持って入ってきた。妹の信子《のぶこ》です、と邦子がいう。

「宮前信子さんですか」佐保は訊いた。

「いいえ、名字はちがいます。宮前は夫の姓です」

邦子の夫は亡くなって、子供がふたりいる。信子は五年前に総務省の外郭団体を定年退職し、ここに越してきたという。「——姉妹ふたりの暮らしです」

「ええやないですか。そのお齢でまた家族になるて」

「そう、幸せですね。ひとり暮らしの淋しさが紛れますし、おまけに、お家賃までもらえます」

邦子はにっこり笑った。

信子はテーブルにアイスコーヒーのグラスを置き、シロップとミルク、ストローを添えた。邦子と並んでソファに座る。姉妹は似ていないが、目鼻だちが整っている。ふたりとも若いときはきれいだったろう。

佐保はアイスコーヒーにミルクを落とした。ストローで混ぜる。煙草を吸いたいが、このふたりには迷惑だ。

「あの、こんなことをお訊きするのは失礼かもしれませんが、美術年報社さんは画廊ではないんですよね」邦子がいった。

「画廊でも画商でもないです。端的にいえば、美術出版社です」

佐保はブリーフケースから『アートワース』を出してテーブルに置いた。

「ずいぶん立派なご本ですね」

「差し上げます」

「いいんですか」

邦子は手にとって間近に見る。「表紙がすばらしいですね」

別にすばらしくはない。邦展理事長の牧下映《まきしたえい》が春の邦展に出品した日本画だ。牧下はこの数年、風景画の〝蓼科《たてしな》シリーズ〟を描いているが、いかにも売り絵といった濫作の小品ばかりだから評判がよくない。それでも表紙にとりあげるのは、芸術院会員、邦展理事長という肩書があるからだ。

「わたしどもの雑誌で取りあげさせていただくのは絵が主ですから、彫刻や工芸にはあまり縁がありません。まったくの門外漢です。……しかしながら、楢沢知也先生のお名前はよく存じております。少しでもお力になれればと考えて参上しました」

「ありがとうございます。でも、門外漢はわたしのほうです。彫刻も絵も、わたしにはさっぱり分かりません。まして抽象彫刻は、なにがどうなのか、どこが芸術的なのか、いくら頭をひねっても理解できません」

「おっしゃるとおりです。一般の美術ファンにとって抽象彫刻はもっとも遠いところに位置するものであるというのが、わたしの意見です。……好きか嫌いか、作品を前にしたときの印象やと思います。好きやったら、その作品はおもしろい。嫌いやったら、その作品はおもしろくない。それでいいんやないですかね」

「美術の専門家の方にそういわれると安心です」

「わたしは専門家やないし、評論家でもない。美術雑誌の編集者です」

話が逸れている。抽象彫刻の定義など、どうでもいい。時間の無駄だ。佐保はアイスコーヒーに口をつけて、「――いただいたお手紙に、叔母さまが入院されたとありましたが、どちらの病院でしょうか」

「伏見の藤ノ木病院です」

不整脈が起因の脳梗塞で、二度目の発作だったという。

「意識は」

「あります。話もできます」

「お子様は」

「いません。だから、わたしたちが交替でようすを見に行ってます」

「伏見は遠いですね。叔母さまは入院されるまで、お独りで……」

「そうです。家は桃山駅の近くの歯科医院です」

「歯科医院？」

「叔母は歯科医です。七十歳まで診療してました」

「叔母さまのお名前は」

「英子《えいこ》です。楢沢英子」

昭和六十三年、楢沢英子が六十三歳のときに夫が死亡し、それから七年間、英子は歯科医院をつづけたという。夫の遺産がなくても生活には困らなかっただろう。

「楢沢先生は、おいくつで亡くなられました」

「七十五です」

「ずいぶん齢の離れたご夫婦ですね」

「義叔父《おじ》は食べられない時代が長かったようです。叔母と結婚して経済的に安定したと聞きました」

「いつ結婚されたんですか」

「叔母が三十のときです」

髪結いの亭主か——。絵描きにはよくあるパターンだ。まして、売れない抽象彫刻家なら、歯科医と結婚したのはありがたかっただろう。楢沢は昭和三十一年から一年間、フランスにいたが、その渡航費は妻が援助したのかもしれない。

「あの、義叔父のコレクションですけど、売れるんでしょうか」

信子がはじめて口をひらいた。声は姉と似ている。

「それは拝見せんと分からんです。どんなものがあります」

「版画とか、小さい彫刻とか、彫刻の作品集とかです。サインペンや鉛筆で描いたスケッチもたくさんあります」

「小さい彫刻というのは、楢沢先生作のオブジェですか」

「オブジェというか、とにかく、これくらいの小さい彫刻です」

信子は手を広げてみせた。幅三十センチ、高さもそれくらいか。

「物故作家の作品は、普通、オークションに出しますが、立体は正直いうて期待できません。……もちろん、楢沢先生の名声は存じてます。しかしながら、立体は平面に比べて美術ファンの数が格段に少ない。特に、抽象作品は」

「オークションって、サザビーズとかクリスティーズですか」邦子がいった。

「いや、そのあたりはむずかしいです。大阪美術倶楽部や京都美術倶楽部のオークションを、わたしは考えてます」

オークションに出品される立体作品は、ほぼ百パーセントが具象だ。抽象の『楢沢知也』がマーケットでどう評価されるか、佐保にも予想がつかない。「――ま、しかし、楢沢先生のコレクションを拝見するのが先決です。伏見のご自宅にあるんですよね」

「はい。歯科医院に置いてます」

「アトリエは別棟ですか」

「いえ、元々、アトリエはないんです」

「彫刻家でアトリエがないというのは珍しいですね。京都美大で制作されてたんですか」

「義叔父は自分で彫刻を作ることはなかったです。スケッチブックに形を描いて、工場に持って行くんです。職人さんと相談して作っていたそうです」

「なるほど。発注制作ですね」楢沢は鋳造所や鉄工所を工房代わりにしていたのだろう。

「楢沢先生にはよく会われたんですか」

「年に一、二回ですかね。子供のころ、叔母の休みの日に、ふたりで遊びに行きました」

楢沢は饒舌で、ワインを飲みながら姉妹に映画や美術の話をした。クラシック音楽にも造詣が深く、書斎には真空管アンプや古いスピーカーを置いていた——。「でも、ひっきりなしにパイプを吸うんです。それが煙くて煙くて。叔母も嫌がってました。壁が茶色になるって」

なにがおかしいのか、邦子は思い出し笑いをする。楢沢が饒舌だったというのは、想像とちがった。気難しい寡黙な人物だろうと思っていた。

佐保はコーヒーを飲んだ。氷が溶けている。そういえば、この部屋は暑い。エアコンは作動しているが。

「それで、コレクションはいつ見せていただけますか」額の汗をハンカチで拭いた。

「いつでもけっこうです。佐保さんのご都合のよいときで」

「じゃ、明日はどうですか。午前中」

「けっこうです。お願いします」

「十一時に、桃山駅前でお会いしましょう」

車で迎えに来ることも考えたが、伏見まで年寄りふたりとドライブするのは気詰まりだ。

「ありがとうございます。十一時、桃山駅前で」

姉妹は頭をさげた。佐保も礼をいって腰をあげた。

3

茨木インターで降りだした雨が、京都南インターを出たころには本降りになっていた。国道一号を南下し、府道三五号を東へ行く。ＪＲ桃山駅に着いたのは十時五十分だったが、邦子と信子は南出口の改札近くに立っていた。佐保は車を停め、ウインドーをおろした。

「どうも、お待たせしました」

声をかけて、姉妹をリアシートに乗せた。「雨ですね」

「天気予報を見てきました」

ふたりともバッグと折りたたみ傘を持っている。

「どう行ったらいいですか」

「そこのコンビニの角を入ってください」

「進入禁止ですわ。一方通行」

「あら、ごめんなさい」

車の運転はできない、と邦子はいう。方向感覚もないのだろう。

「住所をいうてくれたらカーナビに出ます」

「桃山鷲巣町です」いま、番地までは分からないという。

「とりあえず、南のほうへ行きますわ」

あっちかな、こっちかなと、ぐるぐる走りまわって楢沢の家に着いた。歯科医院のころの名残だろう、敷地の前に広い車寄せがある。コンクリート舗装の隙間から雑草が伸びている。二階建の家はけっこう大きく、一階の道路側を診察室と待合室、裏手にダイニングキッチンとリビング、二階の二部屋を楢沢の書斎と寝室にしていた、と邦子はいった。

車寄せに車を停めた。姉妹は降りて裏のほうにまわる。通路の奥が住居の玄関だった。

「鍵を預かってるんです。入院している叔母の着替えを取りに来たりしますから」

邦子がドアを開けた。換気がわるいせいか、黴《かび》のような臭いがする。

スリッパを履いてダイニングキッチンに入った。お茶を淹れます、と邦子がいう。いや、先生の書斎を見せてください、と佐保はいった。

二階にあがった。楢沢の書斎は八畳二間で、畳にカーペットを敷き、そこにデスクや書棚を配している。西洋アンティーク風の飾り棚に並んでいるクラゲのような三点の小品は『ジョルジュ・ルロワ』だろうか。『東尾伸《ひがしおしん》』や『堺一夫《さかいかずお》』らしい半抽象の陶彫もいくつかあった。

「あの作品をオークションに？」

訊くと、邦子はうなずいた。

佐保はルロワを手にとった。鋳造だろう、ずしりと重い。大理石の台座に《Ｇｅｏｒｇｅｓ Ｌｅｒｏｙ》と彫り込みのサインがあるが、作品にはそれがない。

「これはレプリカですね。ルロワ本人か、遺族の許可を得て制作したレプリカです。鋳造の彫刻にサインがないのは、そうとしか考えられませんわ」

「レプリカは売れないんですか」

「残念ながら、美術的な価値はないです」

東尾伸や堺一夫は売れるだろうが、大した値はつかない。書棚の本も佐保の知らない作家の作品集ばかりで、マニアックすぎる。

「楢沢先生のコレクションはコレクションとして、このままにしておいたほうがええんやないですか」

失望した。ほかにも蒐《あつ》めたものはあるかもしれないが、二束三文だろう。

「義叔父の作品だったら、ありますけど……」信子がいった。

「どれですか」部屋を見まわした。

「ここにはないです」一階の診察室に置いているという。

「楢沢先生の作品やったら、オークションに出せるかもしれませんね」

「見ていただけますか」

「もちろんです」

書斎を出た。姉妹につづいて階段を降りる。廊下の左、突き当たりのドアを信子は開けた。邦子が照明を点ける。

窓のそばに診察台があった。アームと椅子に布が掛けられている。その奥の床に、ネットで画像検索した、見憶えのある抽象作品が十数点、置かれていた。どれも高さが三十センチほどしかない。

「マケットです」邦子がいった。

「ああ、縮小模型ね……」

鋳造の具象彫刻や抽象彫刻は、作家がまず粘土で原型を作り、それを石膏に置き換えて二次原型にする。そのあと鋳造所に持ち込むと、職人が二次原型から砂型をとり、それを焼き締めて雌《め》型にする。炉で溶かした金属を雌型と雄《お》型のあいだに流し込み、冷めたら砂型を壊して中の成形体を取り出す。楢沢知也のマケットはブロンズ製の縮小模型であり、各地の美術館に所蔵されている楢沢の作品は、このマケットを比例拡大して制作されたものだと知れた。

佐保はうっすら埃をかぶっているマケットをひとつひとつ見ていった。色はブロンズ特有の緑がかった茶色で錆はなく、ハンカチで埃を拭うと艶がある。幾何学的な抽象彫刻だから正面も裏面も分からないが、どれも足もとに《Ｔｏｍｏｙａ　Ｎａｒａｓａｗａ》のサインが彫ってある。

「まちがいないです。この十四点のマケットはみんな楢沢先生の作品です」

「売れますでしょうか」

「売れると思います。大理石の台をつけて、それらしい見栄えにするんです」

「叔母の入院費用にしたいんです」

「昨日もいいましたけど、わたしは彫刻に疎いんです。価格的なことは分かりません」

そうはいったが、目算はある。一点が最低でも五十万。十四点で七百万だ。

「オークションに出してもらえますか」

「オークションで落札されたら手数料をとられます。十五から二十パーセント。税金もとられるし、台座の制作料もかかりますから、手取りは七十パーセント弱と考えてください」

「ずいぶん、とられるんですね」

「わたしはオークションで売るより、現代彫刻を扱うてる画廊や美術商に売ったほうがいいように思います」

そのほうが佐保には都合がいい。オークションだと、この姉妹に落札価格を知られてしまう。

「お任せします。よろしくお願いします」

ホッとしたように邦子はいった。信子もうなずいている。

「ほな、あたってみます、画廊と美術商。売り主は楢沢英子さんということでよろしいですね」

「はい、そうです」

「よい返事をお聞かせできるようにがんばります」

スマホでマケットの写真を五十カットほど撮り、楢沢の家をあとにした。

車に乗り、京都南インターに向かった。岩倉美術大学の特任教授でキュレーターの湯葉《ゆば》に電話をする。湯葉は立体造形に詳しく、マーケットにも明るい。

――はい、湯葉です。

――『アートワース』の佐保です。お久しぶりです。

――ほんに久しぶりやね。お元気ですか。

――ええ。ぼちぼちやってます。

――いま、どこ。京都?

――伏見です。

――じゃあ、食事でもしますか、木屋町あたりで。

――いや、今日は用事がありますねん。

酒好きの湯葉と会えば食事だけでは済まないし、払いはみんな佐保がもつことになる。

――電話でわるいけど、教えて欲しいんですわ。……楢沢知也。未亡人の歯科医院でマケットを見せてもろたんですけど、売ったらどれくらいの値がつきますかね。十四点、ありますねん。

マケットの大きさと素材、形状を伝えた。

――楢沢知也のマケットて、すごい珍しいね。それもブロンズやろ。百万円以上はするのとちがうかな。

——それは画廊の売値ですよね。買いとりは半値ぐらいですか。

——半値は甘いな。三分の一がいいとこやね。

——百二十万やったら四十万？

——たぶんね。ぼくはそう思う。

——ほな、四十万を目安としたらよろしいか。

——どうやろ。画廊が顧客を持ってたら、もっと高く買いとるかもしれんし、そうでなかったら買わんでしょ。

——楢沢知也を買いそうな画廊て、どこですかね。

——抽象彫刻に強いのは『ギャラリーはなむら』かな。

造形美術の扱いでは、関西でいちばんの老舗だという。

と、そのとき、ブザーのような音が聞こえた。ざわざわと声がする。

——先生、いま学校ですか。

——そう、夏季講座の実習。

——ご苦労さまです。

電話を切った。湯葉もちゃんと働いている。

大阪は雨があがっていた。天神橋の蕎麦屋で天ざるを食い、編集部に着いたのは二時すぎだった。どうやった、と菊池が訊く。佐保が黙ってうなずくと、コーヒーでも飲みに行こ、と菊池はパナマ帽を持って立ちあがった。

南森町まで歩いてガーデンホテルのラウンジに入り、ビールを注文した。菊池はおしぼりで首を拭き、

「行ったんか、楢沢の家」

「伏見の歯科医院でした。楢沢のよめさんは歯医者ですわ」

「そら知らんかったな。左団扇《うちわ》かい」

「京都美大の教授やったし、彫刻が売れんでも給料で食えたでしょ」

「で、楢沢のコレクションは」

「ガラクタばっかりやけど、マケットがありましたわ。楢沢の」

「マケット……。模型か」

「診察室の床に放っぽらかしてますねん」スマホの画像を菊池に見せた。

「十四個か。小さいな」

「埃を払うてみたんです。たぶん、ブロンズです」

「ブロンズやったら売れるぞ。楢沢知也作のオブジェや」

「気に入りましたか」

「気に入ったな。大いに気に入った」

ビールが来た。佐保は菊池のグラスに注ぎ、菊池は佐保のグラスに注ぐ。

「祝杯や」

「気が早いのとちがいますか」

「なんでもええ。前祝いや」

菊池はビールを飲み、髭についた泡を舌先で舐めながら、「で、どこに話を持って行くんや」

「はなむらはどうですかね」

今橋のギャラリーはなむら――。スマホで調べた。むかしの大阪商工会議所今橋倶楽部ビルを買い取って改装し、一階を立体画廊、二階を貸画廊にしている。「ネットに楢沢の版画を出してるのも、はなむらですわ」

「はなむらはよう知ってる」

菊池はいった。「けど、いまの社長は癖があるぞ。先代は苦労人で腰も低かったけど、あの二代目はあかん。同志社を出て、すぐに親父の会社に入ったから丁稚奉公をしてない。なにごともビジネスライクで、イエス、ノーがはっきりしすぎてる。ああいうぼんぼんは画廊商売に向いてへん」

「ビジネスライクはええやないですか。海千山千の狸やないんやから」

「わしは嫌いやな。あいつは虫が好かん」

「齢はいくつです」

「五十はすぎてるやろ」

先代が退《ひ》いたあと、ギャラリーはなむらには加藤が何度か営業をかけたが、そのたびに断られた。はなむらはライバル誌の『ファインアーツ』に広告出稿している、と菊池はいった。

「菊池さんは気に入らんかもしらんけど、おれははなむらがええと思うんですけどね」

「ま、わしの好き嫌いは関係ない。あとは任せる。うまいことやってくれ」

「儲けは折れでよろしいな」

「ああ、かまへん」

菊池はうなずいて、「啓ちゃんの算用は」

「マケットひとつ四十万。十四点で五百六十万です」稼ぎは菊池と折半だ。

「宮前いう婆さんには」

「三百万かな……。どうせ歯医者の家にころがってた模型ですわ」

そう、マケットがいくらで売れようと、あの欲たかりの姉妹が本来の所有者である楢沢英子に金を渡すはずはない。叔母の入院費用にするとはいっていたが、そんなものは口実だ。財産狙いの火事場泥棒には三百万でも御の字だろう。

マスター、ビールもう一本——。菊池は煙草をくわえ、ソファの背にもたれかかった。顔は汗が浮いているのに、禿げた頭はそうでもない。髪が抜けると汗腺もなくなるのだろうか。

4

今橋——。大正モダン風の赤煉瓦のファサード、ギャラリーはなむらに入った。一階の画廊はかなり広く、二十点ほどの裸婦像や胸像の中に抽象の立体作品も五、六点、展示されていた。

「『アートワース』の佐保です」

カウンターの女性にいった。社長の花村《はなむら》には事前にアポイントをとっている。

「うかがっております。どうぞ、こちらです」

奥のエレベーターで三階にあがり、応接室に通された。

「お飲み物は」

「麦茶、もらえますか」

「承知しました」

女性は出ていった。佐保はソファに座って部屋を見まわす。格子天井はローズウッド、照明は蔦を模した鋳鉄に花の蕾のようなブラケット、漆喰にメープル材の腰壁、窓は白いレースに濃い小豆色のドレープのカーテン――。商工会議所の倶楽部だったころのインテリアを擬したのか、どっしりと落ち着いた感じがする。

これも商売のうちか――。こけおどしは美術画廊の戦略だが、金はかかっている。

ノック――。さっきの女性と男が入ってきた。

「花村です」

男は一礼して名刺を差し出した。黒のスーツにグレーのクレリックシャツ、ネクタイはしていない。腕の時計はパテックフィリップのノーチラスだ。

「佐保と申します」

立って、名刺を交換した。《株式会社　はなむら　代表取締役社長　花村誠一郎《せいいちろう》》とある。女性はテーブルに麦茶のグラスを置いて出て行った。

「おかけください」

花村はいって、ソファに腰をおろした。「御社の菊池さんは存じてます」

「菊池はこの業界が長いですから」

「『アートワース』さんとは、しばらくご縁がないですね」

「これを機会に、おつきあい願えたらうれしいです」

「楢沢知也先生の作品についてお話があるとお聞きしましたが……」

「作品というか……、マケットです」

「楢沢先生のマケット？」

「これです」

ブリーフケースから写真を出した。スマホで撮った画像の中から形状のよく判るものを選んでプリントした四十枚の写真だ。

花村はひとわたり写真を見て、

「なるほど。楢沢先生の作風です」

「未亡人の楢沢英子さんから菊池に連絡があって、マケットを売りたいということでした。花村さんに引き取っていただけたらありがたいんですが」

「楢沢先生の奥さんはご存命だったんですか」驚いたように花村はいう。

「九十歳です」入院中だとはいわなかった。

「で、奥さんのご希望は」

「一点が七十万円です。十四点で九百八十万円」

「佐保さん、それは無理だ」

言下に花村はいった。「これは作品じゃない。マケットです」

「それはそうですけど、楢沢先生の作品に小品はないです。このマケットはブロンズ製で楢沢知也のサインも入ってます」

「楢沢先生は大家です。それは否定しない。しかしながら、マケットに七十万円は常識外れでしょう」

「ほな、六十万では」

「ばかばかしい」首を振る。

「五十万円?」

「あなた、代理人ですか。奥さんの」

「そうです。代理人です」

「じゃ、こうしましょう。マケットをお預かりして、売れたら五十万円をお支払いする。どうですか」さも侮ったように花村はいった。

なんやねん、こいつは――。ムッとした。リスクも負わずにマージンだけとる肚《はら》か。

「正直なとこいいますわ。駆け引きなしでね」

花村の眼をじっと見た。「未亡人は、全部で六百万以下やったら手放しませんと、そういうてます」

「十四点で六百万円……」

花村は間をおいて、「四十三万円じゃないですか」

「それが指し値です。未亡人の」

「……」花村はなにもいわず、微かに笑った。ソファに片肘をついて脚を組む。

くそっ、ふっかけすぎたか——。花村は断る顔だ。

「すんません。失礼しますわ」

写真をまとめてブリーフケースに入れた。腰をあげる。

「いいでしょう」

ぽつり、花村はいった。「お引き取りしましょう」

「そうですか……」また座った。

「ただし、一点が四十万円です」

「総額、五百六十万円ですか」

「鋳造の作品には台座をつけないといけません。その制作費はこちらが負担します」

「分かりました。未亡人に伝えます」

「それと、鑑定書をいただけますか。楢沢先生の著作権継承者、所定鑑定人として、楢沢英子さんの署名が入った鑑定書です」

「はい、未亡人に頼みますわ」うまく行った。不満はない。

「マケットはこちらに搬入してください。わたしが見て問題がなければ五百六十万円を振り込みます」

「ちょっと待ってください。振り込みて、なんですか」

「楢沢英子さんの口座に振り込むつもりですが……」花村は意外そうな顔をした。

「それは困りますねん。未亡人は入院中で、銀行へ行けるような状態やない。病院の支払いもせないかんし、現金が必要なんですわ」

「するとなんですか、あなたが現金を受けとるんですか」

「そういうことです」

「あなた、代理人ですよね。だったら、委任状をください。マケットの売買について、楢沢英子さんがあなたを代理人に指名した委任状です」

「もらいますわ、委任状。易《やす》いことです」

しちめんどうくさい男だ。嫌がらせでいってるとしか思えない。

「搬入はいつですか」

「花村さんに合わせます」

「じゃ、金曜に搬入してくれますか。金曜の午前中」

「けっこうです。そうします」

ブリーフケースを持って立ちあがった。

「楢沢英子さんの領収証も忘れないように」

「もちろんです。用意します」

応接室を出た。エレベーターのボタンを押したが、あがってこない。扉を蹴って、階段を降りた。


社に帰った。菊池は新聞を読んでいる。そばに行って、

「売れました」と、耳打ちした。

「そうか……」

菊池は新聞を置いた。「なんぼや」

「五百六十万」

「算用どおりやな」

「いや、六百万で話はついたんやけど、台座の制作費が要るとゴネよったんです」

「ええやないか。こっちで台を作るのはめんどい」

「金曜日、はなむらにマケットを持って行きます」

「明後日やな」

「昨日、宮前の姉妹に会うて、今日、売れ口が決まって、明後日には金を受けとる。棚からぼた餅いうのは、このことですわ」

「それで、美人姉妹には三百万か」

「三百二十四万でどうですか」

「えらい半端やな。二十四万は消費税か」

「祝儀ですわ。邦子と信子に十二万ずつ。……あのふたり、表向きは未亡人に代わってマケットを処分する態《てい》やから、こっちも騙されたふりして祝儀をやっといたら、ほかで要らんこと喋らんでしょ」

「なんと、芸が細かいな」

「菊池さんに習うたんです」

「わしはそんなことまで教えてへん」

菊池は笑った。佐保も笑いながら席にもどる。竹内がじろりとこちらを見た。

「あ、精算な。今日中にするから」

いって、宮前邦子の携帯に電話をした。すぐにつながった。

──宮前でございます。

──佐保です。

──今日はありがとうございました。あのあと叔母の見舞いをして、京都市内に出て、食事をして、錦でお漬け物を買って、いまうちに帰ったところです。

──妹さんもいっしょでしたか。

──はい。どこへでもついて来るんです。

──仲がいいのはなによりです。

話をしながら廊下に出た。階段室へ行く。

――お電話したのはマケットの件です。三百二十四万円でギャラリーはなむらいう画廊が引き取りたいというてるんですけど、それでよろしいですか。

――あら、そんなにもいただけるんですか。異存はございません。どうぞ、お話をすすめてください。

――明後日の午前中、今橋のはなむらにマケットを持って行きます。わたしがライトバンを運転しますわ。

――申しわけありません。なにからなにまで。

――それで、鑑定書と領収証と委任状が欲しいんです。領収証は捺印だけでかまいませんけど、鑑定書と委任状は楢沢英子さんの署名、捺印が要ります。

――ごめんなさい。叔母は字が書けません。右半身が麻痺してるんです。

――左手では書けんですか。

――無理やと思います。

――書類のフォーマットはわたしが用意します。宮前さんが叔母さんの手をとって、署名してください。字が歪んでるのは、まったくかまいません。

暗に示唆した。邦子は自分で署名するだろう。

――叔母さんの印鑑は手もとにありますか。

――あります。銀行印を預かってます。

――このあと、お宅にフォーマットを持参します。明日、病院に行って、鑑定書に叔母さんの署名をもろてください。わたしは明後日の九時に伏見の楢沢歯科医院へ走って、マケットをいただきます。

——分かりました。明後日の午前九時ですね。伏見へ行きます。

——それともうひとつ。これはいいにくいんですけど、当社の規定では、美術作品の売買を仲介した場合、消費税と同額の手数料をいただくことになってます。なので、宮前さんには三百万円、当社は二十四万円ということでよろしいでしょうか。

——はい、いいですよ。佐保さんにお願いしたからこそ、マケットが売れたんです。

——フォーマットを作って、六時半にお伺いします。

楢沢歯科医院の住所を訊き、電話を切った。編集部にもどる。


佐保はパソコンで鑑定書を作成した。

《楢沢知也　習作①
右、真作と鑑定する　○○○○　印
平成○年○月○日》

習作1から習作14まで、名前と日付を空白にしたものを各二枚ずつ、二十八枚をプリントした。

次に領収証を作成する。

《領収証　ギャラリーはなむら様
¥3,240,000―
但　楢沢知也作　習作14点
上記正に領収いたしました
平成27年7月31日
京都市伏見区桃山鷲巣町2－2－10　楢沢英子　印》

領収証は二枚作ってプリントした。一枚は三百二十四万円、もう一枚は五百六十万円だ。
委任状を作成した。

《委任状　ギャラリーはなむら様
私は、下記の件を以下のものに委任いたします
受任者　大阪市中央区天神橋8－4－23－302　株式会社美術年報　菊池康祐
委任事項　楢沢知也作の習作収蔵を代理する件
平成27年7月30日
委任者　京都市伏見区桃山鷲巣町2－2－10　○○○○　印》

受任者を菊池にしたのは万が一のときの保険だ。佐保ひとりがリスクをかぶることはない。〝習作売買〟を〝収蔵〟としたのも、金銭取引を文書に残したくなかったからだ。

委任状も二枚プリントし、鑑定書と三百二十四万円の領収証といっしょに茶封筒に入れた。五百六十万円の領収証は二つ折りにしてブリーフケースのポケットに入れる。

竹内は席を外している。あの女は化粧が濃いからトイレが長い。

佐保は茶封筒をブリーフケースに入れて編集部を出た。


立売堀。《あさひレジデンス》――。佐保は宮前家のリビングに通された。

「ごめんなさいね。何度も来ていただいて」

邦子はアイスコーヒーをテーブルに置く。

「これが仕事ですから」

鰹出汁の匂いがした。「すんません。お食事中でしたか」

「いえ、まだです。うちは晩御飯が遅くて、いつも八時ころから食べはじめます」

「妹さんが作ってはるんですか」

「妹は料理が得意なんです」

「そら羨ましい。うちのよめさんなんか、手抜きばっかりですわ」

「女のひとは忙しいんですよ。食事、掃除、子育て、地域のおつきあい、することはいくらでもあります。……佐保さん、お子さんは」

「娘ふたりです。上が高三、下が中三です」

「それは大変ですね。おふたりとも受験やないですか」

「脛《すね》が細って倒れそうですわ」

話が逸れている。アイスコーヒーを飲み、ブリーフケースを開けた。

「フォーマットです」

まず、鑑定書を茶封筒から出した。「マケット一点につき、二枚ずつ作りました。一枚は予備です。叔母さんは手が不自由やそうですから、筆が滑ったときに使うてください」

「筆書きやないといけないんですか」邦子は訊く。

「鑑定書ですから、ボールペンやサインペンでは重みがない。できたら筆でお願いします。太字の万年筆でもかまいません。……印鑑は」

邦子はテレビの脇の小箱から印鑑と朱肉を出してきた。

「失礼」

印鑑を受けとり、朱肉をつけた。ティッシュペーパーを広げて捺す。「けっこうです。落款印みたいで見栄えがします」

印鑑を手もとに置き、委任状と領収証を出した。邦子に手渡す。邦子は老眼鏡をかけて読みはじめた。

「さっき、電話でいいましたように、領収証の金額は三百二十四万円です。委任状は通常の形式です。よろしいでしょうか」

「ありがとうございます。丁寧にしていただいて」

「あっ……」

「なんです」

「薬のむのを忘れてました。すんません、水をもらえませんか」

いうと、邦子は立って台所へいった。佐保は五百六十万円の領収証を出して印鑑を捺し、ブリーフケースにもどした。

邦子がもどってきた。佐保は錠剤を口にふくみ、水でのむ。

「肥りすぎで、血圧が高いんです」

「あら、わたしもですよ」

「数値は」

「上が百六十、下が九十五くらいです」

「わたしは、薬を服まんかったら、百七十と百です。医者は痩せろというんやけど、その気がないんですわ」

「食べたいものを食べられないのは辛いですよね」また無駄話になる。

「委任状は叔母さんの署名をもらってください。領収証もお預けします」

金曜日、楢沢歯科医院で受けとる、といった。「午前九時です」

「マケットはどうしましょう」エアキャップで梱包しておこうか、と邦子はいう。

「そうしてもらえたらありがたいです」

「少しはお手伝いしませんとね」

邦子はいって、鑑定書、委任状、領収証を茶封筒に入れた。

5

金曜日――。十四点のマケットをギャラリーはなむらに運び込んだ。応接室の床に並べてエアキャップをとる。花村は一点ずつマケットを検分し、離れて、またしばらく見つめたあと、黙ってソファに腰をおろした。

「気に入ってくれましたか」佐保も座った。

「気に入るも入らないもありませんよ。でも、楢沢にはまちがいない」

こいつはやはり、ひねくれている――。

「約束の金、いただけますか」

委任状を渡した。花村はソファに座って電話をとり、金を持ってくるよう指示して、

「ほかに楢沢先生の作品はないですか。マケットでもタブローでもいい」

「わたしが見せてもろたんはこれだけですわ。ほかにもあるか、訊いときます」

「奥さんにお会いしたいですな」

「それもいうときます」その気はまったくない。

そこへノック。スーツの男が紙袋を持って入ってきた。花村に渡す。

「改めてください」

佐保は紙袋を引き寄せた。帯封の札束が五つと一万円札。数えると、六十枚あった。

「確かに」

いうと、スーツの男は出て行った。

佐保は領収証をテーブルに置いた。

「五百六十万円です」

「奥さんにいってくださいよ。税務申告するように」

嫌味たらしく花村はいい、領収証を上着のポケットに収めた。


宮前邦子に電話をし、立売堀の『ルッコラ』で会った。

「三百万円です」

紙袋を差し出した。「二十四万円は当社の手数料としていただきました」

「ありがとうございます。お世話になりました」

邦子は紙袋の中を一瞥して、足もとに置いた。

「ほな、これで」

「あの、飲み物は」

「ちょっと、急ぎの用があります」

「そうですか……」

「楢沢先生の奥様によろしくお伝えください」

ルッコラを出た。菊池に電話をする。

――佐保です。終わりました。

――いま、どこや。

――立売堀。ガーデンホテルに行きます。

――分かった。行く。

電話を切り、タクシーに手をあげた。


ラウンジの窓際に席をとり、ビールを注文したところへ菊池が来た。白の半袖シャツに黒のズボン、腰にフェイクレザーのポシェットをつけている。わしもビール――。菊池はさも疲れたように長い息を吐き、佐保のおしぼりを破って顔を拭いた。

「たった七、八分歩いて、このザマや。ちぃとは痩せないかんな」

「何キロです」

「七十八」菊池は耳の裏を拭く。

「デブおやじですね」

「おやじやない。おじさんと呼んでくれ」

「おれは八十八ですわ」

「もっとひどいデブにデブといわれたら世話ないな」

「金、分けましょ」

ブリーフケースから札束を出して菊池に見せた。帯封ひとつと十八万円ずつに分ける。菊池はさっさとポシェットに入れた。

「すまんな。わしはなにもしてないのにな」

「菊池さんの顔の広さですわ。でなかったら、話は来てません」

「ま、古狸ではある」まんざらでもなさそうに菊池は笑う。

「しかし、思わんボーナスでした」

百十八万と二十四万で、百四十二万円も稼いだ。それも四日間でだ。

「どこの世界にも余禄はあるもんや」

「花村はどう捌くんですかね」

「芦屋に趙永昌《ちょうえいしょう》いう爺さんがおる。はなむらの客や」

趙は『日惣《にっそう》』という鉄鋼商事会社のオーナーで、現代彫刻の、それも金属彫刻の熱烈なコレクターだと、菊池はいった。「わしは趙のとこにまとめて持って行くんやないかと思てる」

趙永昌——。名前は聞いたことがある。

「言い値はなんぼですかね」

「千か千二百か千五百か……。どうでもええことや」

熱のこもらぬふうに菊池はいい、ソファにもたれ込んだ。

6

そして十日――。湯葉から電話があった。

――佐保さん、いま、いいかな。

――ざる蕎麦食うてますねん。昼飯。

――こないだの話、楢沢知也のマケットを売るとかいうてましたよね。

――ああ、いいました。

箸を置いた。

――あのあと、洛鷹《らくよう》美術館の澤井《さわい》さんいうキュレーターと呑む機会があって、楢沢知也の話になったんやけど、楢沢は〝アトリエのない彫刻家〟やった、と澤井さんがいいますねん。

――それはわたしも知ってます。楢沢は鉄工所や鋳造所を工房にしてたんでしょ。

――そこがおかしいんですわ。楢沢知也はラフスケッチを鋳造所に持ち込んで、原型から成形まで、みんな職人にやらせてたんです。

いま、いいかと訊きながら、湯葉は早口で喋りつづける。

――要するに、楢沢が職人に示すのは構想にもとづくラフスケッチで、マケットを作ることはなかったんですわ。

――しかし、現にマケットはありました。サインまで入ったのが。

――そもそも石膏原型にサインを入れるのはおかしいと思いませんか。それに石膏原型は誰が作ったんです。

――楢沢とちがうんですか。

――佐保さん、原型を作るには広いアトリエが要りますわ。楢沢は、アトリエのない彫刻家やったんですよ。

――ほな、原型師に頼んだんですか。

――いちいち小さい石膏原型を作らして、それをまた比例拡大して一メートルの砂型原型を作るやて、ありえへん工程やないですか。楢沢はなんのためにラフスケッチを描いて鋳造職人に渡したんです。

声が出なかった。湯葉の論は理屈がとおっている。そう、楢沢がマケットを作る理由はないし、作るアトリエもなかった。

――佐保さん、そのマケット、怪しいのとちがいます。

――いや、それはないと思うけど……。

――ギャラリーはなむらには。

――なんの連絡もとってません。ほかの画廊にも。

――そら、よかった。こないだ、ぼくがいうた話、みんな忘れてください。

湯葉はいうだけいい、電話は切れた。

「ええやないか。誰も損せんかったんやから」

つぶやいた。マケットの真贋は関係ない。邦子と信子の姉妹は三百万円を手にし、菊池と佐保は百十八万円と百四十二万円を手にした。花村もマケットを売って稼ぐだろう。

三方一両得――。けっこうなことや。

そういや、信子の名字、聞いてなかったな――。あれはほんとうの姉妹なのだろうか。邦子は楢沢英子の姪かもしれないが、信子もそうとは限らない。

邦子はマケットを作るのに、なんぼ投資したんや――。石膏原型に三万、鋳造に十万か。十四点で百八十二万も使ったのなら、同じものを多く鋳造しないと大した稼ぎにはならない。

箸をとり、蕎麦をすすった。のびていた。

十月――。ネットに〝楢沢知也の習作〟が出た。三点の出品者は東京の『半蔵門画廊』で、価格は〝応談〟となっている。習作に添えられた鑑定書は佐保が作ったフォーマットとはちがっていた。

あの姉妹は東京でも商売をはじめたらしい。

上代《じようだい》裂《ぎれ》

1

出前のおろし蕎麦を食い、百グラム三千円の玉露を淹れて、ひとりで飲んでいるところにスマホが鳴った。相手の番号は未登録だ。

——佐保《さほ》です。

——あ、おじちゃん？　わたし。

——どちらさんですか。

——玲美《れみ》やんか。こんにちは。

姪の玲美だった。相も変わらず、軽い。

——ちょっと相談。おじちゃんて編集長やろ。いろんなとこに知り合いがいてるよね。弁護士、紹介して欲しいねん。

——弁護士……。そらまた、どういうことや。

——騙されてん、男に。百万円も毟《むし》られたわ。

——話が読めんな。詐欺にでもおうたんか。

――いま、近くにいるんやけど、おじちゃん、昼ごはん食べた？

――食うた。茶を飲んでる。

――ほな、出てきてよ。わたし、まわる鮨でいいから。

玲美は天神橋筋商店街の『たから鮨』を指定してきた。

――あのな、おれは飯食うたというたやろ。

――いいやんか。おじちゃんは味噌汁で、わたしはお鮨が食べたいねん。

――分かった。行く。

編集長の菊池《きくち》を見た。応接セットのソファで眠りこけている。

佐保は煙草とライターをポケットに入れ、玉露を飲みほして編集室を出た。


玲美はカウンターでイクラをほおばっていた。前に瓶ビールと空き皿が三枚。佐保は玲美の隣に腰かけた。

「おじちゃんは味噌汁でいいの」

「要らん。ビールや」

スタッフにグラスをもらい、瓶ビールをとって注いだ。「――久しぶりやな」

「ほんまやわ。前はいつやったやろ」

「真希《まき》の結婚式や」

「そうか。一昨年の春やんか」

「あのときは着物やったな」

「レンタルのね」

玲美はまたイクラをつまんで口に入れ、まわってきた数の子をとってカウンターにおいた。スレンダーで色白、髪は赤茶色のショートカット、長い睫毛《まつげ》、尖り気味のあご、薄手のピンクのダウンジャケットにクラッシュジーンズ、ムートンブーツがけっこうかわいい。

「玲美はいくつになった」

「おじちゃん、女の齢《とし》と男の行き先は訊いたらあかんねんで」

玲美はいったが、「もう二十五」

「そうか。これから十五年は、女がいちばんきれいな齢やな」

確かに、玲美は見栄えがいい。それはまちがいないが、性格に難がある。ノリが軽くてなにごとも長続きせず、高校を出たあと、フリーターの男にくっついて沖縄へ行き、二年後にもどってきたときは太股に薔薇のタトゥーを入れていて、姉の涼子《りょうこ》が泣いていた。

「いま、なにしてるんや」

「プーやんか」

「プーでは食えんやろ」

「こないだまで、キャバクラ嬢してた。たった三月やけど。おかんには内緒やで」

「なんでやめたんや、キャバクラ」

「ほかの子と話が合わへんもん。みんな二十歳くらいやし、わたしだけオバン。……ていうか、わるいホストにひっかかって、お店にバンスして、サラ金にもお金借りて、首がまわらへんねん」

「首がまわらんのに元気やな」

「空元気やんか。おとんにバレたら、今度こそ勘当やわ」

「百万も毟られたいうのは、ほんまなんか」

「なんか、ちゃんと分からへんけど、十回くらい行ったかな。そのホストクラブ」

宗右衛門町《そうえもんちょう》のキャバクラ店から出て戎橋《えびすばし》へ歩く途中、男に呼びとめられた。スカウトかと思ったが、ホストクラブのキャッチだった。一見《いちげん》さんは五千円で飲み放題だという。ホストクラブの嵌め手だとは分かっていたが、一回だけならいいだろうと、ついて行った——。『ナイトウォーカー』いうクラブ。絢也《けんや》いうホストがついたんやけど、そいつがもうめっちゃストライクで、次の日もまた行ってしもてん」

「そのときは指名か」

「うん、指名。あとで分かったんやけど、絢也はナイトウォーカーのナンバーワンやった。そら、トークも巧いはずやわ」

「それで、ずるずると十回も通うたんか」

「三回目かな、シャンペン開けていうから、いいよっていうたら、その日の勘定は四十万円やったわ」

「それ、払えたんか」

「カードでね。たぶん、キャッシングやったと思う」

「ほんまのことをいうてみい。絢也に毟られたんは百万とちがうやろ」

「へへっ」玲美は笑った。「見栄張ってん。ほんまはナイトウォーカーのツケが二百万円を超えてると思うわ」総額は三百万円以上を使ったという。

「笑《わろ》うてる場合か」

「こないだ、絢也にいわれた。ツケを精算してくれって。いいお店を紹介するって」

「風俗か」

「やと思う」

絵に描いたようなひっかけのパターンだった。ホストクラブに通いつめて風俗に売られる——。話としては知っていたが、そこに姪が登場するとはコメントのしようもない。

「絢也とは切れたんか」

「切れてはないけど、眼が覚めた。だって、風俗に行け、とかいうんやで。最低やろ」

「えらい。よう覚めた。……それでやな、したんか、絢也と」

「おじちゃんね、かわいい姪にそういうこと訊く」玲美は数の子を食う。

「興味本位で訊いてんのやない」興味本位だ。

「一回だけした。一回三百万円のセックスて、いくらなんでもひどいよね」

「なんともな……」呆れて、あとがつづかない。

「ね、紹介して。弁護士。おじちゃんは編集長やろ」

「編集長兼副編集長や。それも美術雑誌のな」

美術年報社のことを手短に話した。「弁護士を紹介したら、玲美はなにを相談するつもりなんや」

「お金をとりもどすんやんか」

「絢也はワルやけど、詐欺師やないし、ホストクラブそのものは違法やない。おれが弁護士やったら、公序良俗を盾に提訴するしか手だてがないと思うけどな」

「コウジョリョーゾクって、なに？　テイソって、絢也を訴えること？」

「要するに、世間の常識に照らしてナイトウォーカーの飲み代は高すぎるやないかということを裁判で争うわけや」

「裁判上等やわ。ツケがなしになって百万円がもどるんやったら」

「あのな、仮に勝訴しても、もどるのは十万円、二十万円や。弁護士の着手金が五十万。勝訴したら、また五十万。それが相場やろ」

「えーっ、弁護士て正義の味方とちがうん」

「弁護士はな、金の味方や」

「なによ、それ。テレビとちがうやんか。被害者はわたしやのに、弁護士が百万も持っていくわけ。めちゃくちゃやわ」

「めちゃくちゃなんは、おまえや」

「あほらし。ほな、わたしはソープに沈むん？」

「おれに金があったらな、玲美に貸してやりたいけど……」

二百万でも五百万でも金はある。あるが、出してやる気はさらさらない。こんな底の抜けた笊《ザル》に。

ビールを飲みほした。煙草を吸いたいが、灰皿がない。

「玲美、コーヒー飲も」

「待って。大トロ、食べたいねん」

「好きなだけ食え」

スタッフにビールの空き瓶を振って見せた。


鮨屋の近くの『檸檬《れもん》』に入り、ブレンドを注文して煙草を吸いつけた。玲美も佐保の煙草をとって吸う。

「――さっき、玲美はいうたよな、まだ絢也とは切れてないと」

「うん、まだ向こうは知らんと思う。わたしが冷めたんを」

「絢也はナンバーワンやろ。金は持ってんのか」

「持ってると思う。月に一千万の売上があると自慢してた。時計はフランクミュラーとかウブロとかで、住んでるのは高麗橋《こうらいばし》のタワーマンションやし、車はベンツとイタリアのスポーツカー。いっぺんだけ乗せてくれたけど」

キャバクラで学んだのか、公序良俗の意味は知らないのに、男の腕時計のメーカーは知っている――。

「イタリアのスポーツカーいうのはなんや、赤のフェラーリか」

「ううん。そんなんとちがう。色は黄色で弁当箱が走ってるみたい」エンジンが後ろにあり、ブロロロッと大きな音がしたという。

「ランボルギーニやな」

「あ、それ。そんな車やったわ」

「絢也の名字は」

「倉本《くらもと》」

倉本絢也……。姓はともかく、絢也は本名ではないだろう。

「倉本の齢は」

「三十くらいかな。四十くらいかな」

「生まれは」

「京都。祇園《ぎおん》のお茶屋。けど、男は跡を継がれへんのやて」

ありがちな話だ。確かに、京都の花街《かがい》は女の世界だが。

「京都から大阪に流れてきて、ホストになる前はなにしてた」

「なんやったかな、聞いたような気はするけど」

「思い出せ」

少し間があった――。

「――あ、画廊にいてたとかいうてた。アメ村の。その辺を歩いてる気の弱そうな田舎っぽい子に声かけて、画廊に連れ込んで、版画とか買わせるんやて」

「アイドル版画やな」

八〇年代から九〇年代にかけて、『ヒロ・ヤマガタ』や『ラッセン』といった原価千円ほどの印刷版画を四十万、五十万で売りつける詐欺的商法が蔓延したが、その流れをくむデート商法が、つい十年ほど前まで残っていた。地方に行けば、まだつづいているかもしれない。

「そのアメ村の画廊が潰れて、ぶらぶらしてるときにスカウトされたんやて。ナイトウォーカーのオーナーに」

「絢也は金が命か」

「そう。なんでも金。普通に働いてるリーマンとか、すごいバカにしてる。あんな吊るしのスーツ着て、汗水たらして営業して年収三百万やぞ、とか平気でいうねん」

「分かった。ろくでもない腐れや。絢也に仕掛けよ」

ひとり、うなずいた。「――おれに考えがある。協力してくれ」

「考えって……」

「金を毟るんや。絢也から」

倉本が画廊勤めをしていたのなら、仕掛ける術《すべ》がありそうだ。シートにもたれて、玲美をじっと見た。

2

マンション近くのエステサロンでフェイシャルマッサージを受け、休憩室で横になっているところへスマホが鳴った。佐々木《ささき》玲美だ。うっとうしいと思ったが、このあいだの話を受けるつもりになったのかもしれない。

――はい、絢也です。玲美？

――あ、こんちは。ごめんね。メールしたかったんやけど。

――いや、玲美の電話なら大歓迎だ。声も聞きたいし。

――あのね、ちょっと話が長くなるけど、かまへん？

――うん、いいけど……。例の件かな。

――あ、わるい。ちがうねん。絢也に教えて欲しいことがあるんやけど。

めんどうな女だ。通話口をふさいで舌打ちする。

――あのね、わたしのお母さんの遠い遠い親戚が奈良にいてて、そこ、すごい金持ちなんやけど、そこの娘ちゃんがわたしと同じ齢で、小さいころから仲良しなんやけど、すごいお嬢さんやねん。……それで、こないだ、その子から電話がきて、なんか、年下の子とつきあいだしたんやけど、すごいお金に困ってて、お金を貸したげたんやて。もちろん、親には内緒でね。

――その、貸した金が焦げついたってことかな。

――ううん。そんなんやないねん。そのつきあってる子は、大学を出てちゃんとした証券会社に勤めてるんやけど、ノルマがきつくて、お客さんの金を勝手に使うてしもたんやて。それで、すごい穴をあけてしもて、会社にばれたらいっぺんにクビとかで、その子に助けてくれって、泣きついてきたわけ。……その子の奈良の家には先祖伝来の骨董品がいっぱいあって、その子はお父さんに内緒で骨董品を売って、証券会社の子を助けてあげたいねん。……絢也はセレブのおばさんを知ってるし、絵と画廊とかも詳しいやんか。せやし、その子の家の骨董品を高く売れるお店を教えて欲しいねん。

――待て。話を整理しよう。玲美の親戚の子の名前は。

――あ、柏原彩《かしわばらあや》。きれいよ、すごい。

――つきあってる男は。

――知らんねん。名前。

――証券会社は。

――あさひ証券。

支店名は知らないという。あさひ証券は財閥系の大手だ。顧客の資金流用が表沙汰になれば懲戒免職はまちがいないし、損金の賠償ができなければ刑事告訴されて警察の厄介になるだろう。

――彩さんはいっしょになるつもりかな、その男と。

――どうやろ。親にはまだ紹介してないみたいやけど。

結婚詐欺ではなさそうだが、怪しい。縄張りを荒らされた気分になる。女を手玉にとって金を稼ぐのはホストのビジネスだろう。

――ね、紹介してくれる。

――骨董品屋は知らないこともないけど、彩さんに会いたいな。

なにかしらん、金になりそうな気がする。株屋のバカと代わって彩とつきあってやってもいい。

――あ、それやったら、来週はどう？　絢也の都合のいい日に合わせるわ。

――三月の五日だな。

――うん、分かった。月曜日やね。

――待てよ。時間と場所は。

――あ、そうやったわ。彩に訊いてみるし、絢也、車で迎えにきてくれる？　彩の家は奈良の学園前やねん。

――大阪で会えばいいだろ。

――ごめん。彩は電車に乗らへんねん。小さいときから。

そんな箱入り娘なのか――。これはおもしろい。

――彩さんの番号を教えてくれたら、おれから電話するよ。

――あかんねん。彩はわたしの電話しかとらへんし。

学園前にはいっしょに迎えにいく、と玲美はいい、電話は切れた。

エステサロンを出た。堺筋を南へ歩く。高麗橋一丁目の交差点近くに画廊があったような気がする。

『古美術　日本画　東苑《とうえん》画廊』というのがそれだった。五階建のビルの一階、玄関横に小さなショーウインドーをしつらえ、畳の床に白い梅を挿した花生《はないけ》をおき、後ろに墨一色の掛軸をかけている。花生は素焼きで、竹を輪切りにしたような形をしている。

店に入った。狭い。和室にしたら十畳ほどか。三方の壁に花や風景を描いた額装の絵が並び、その下のウインドーと同じ畳敷きの台に茶碗や皿を飾っている。流行遅れのダークスーツを着た七三分けの髪の五十男がカウンターの向こうに座っていた。男は眼鏡越しに倉本を一瞥したが、すぐに視線を逸らして声をかけようともしない。

「ごめんなさい。ちょっといいですか」

奥へ行った。「こちらさんは買取りもしてくれるんですか」

男は顔をあげて小さくうなずいた。

「はいはい、買取りはしますけど、お品はなんですか」

「先祖伝来の骨董です」

「あの、うちは旧作の日本画と日本の焼き物が主なんですが」

「もちろん、日本画と焼き物はたくさんあります」

「絵の作者と焼き物の種類はお分かりですか」

「いや、正直なところ、その辺は疎いんです」

笑ってみせた。「実は、ぼくの知人で旧家の娘さんがいるんですが、家宝の美術品を換金したいと頼まれたんです。それで、こちらさんで買ってくれるかどうかを確かめてから、その娘さんを連れてこようかと思いまして……」

「失礼ですけど、なんで旧家の当主ではなくて、娘さんなんですか」

「事情があるんです。娘さんは父親に内緒で美術品を売りたいんです」

「なるほどね。初出《うぶだ》しですな」

男も笑った。「その種の持ち込みはたまにありますわ」

「なんですか、初出しって」

「旧家の蔵から初めて品物を出す……。掘り出し物が多いんですわ」

「それで、ご主人がもし、骨董品を気に入って買取りをされるようだったら、ぼくが紹介したということで……」

「いや、分かりました」

男は手で遮った。「コミッションというか、キックバックですよね。もちろん、お支払いします」

「それって、パーセンテージは」

「そら、ものによりますわ。五パーセントのときもあれば十パーセントのときもあります。一概にはいえませんわな」

こいつ、足もとを見ている、と思った。だが、紹介者にキックバックを払うのは、この世界では普通にあることだと感じた。

「名刺、いただけますか」

「あ、どうも」

男はカウンターの抽斗《ひきだし》を開けた。受けとった名刺には、《東苑画廊　店主　東徹郎《あずまてつろう》》とあり、裏に住所や電話番号が刷られていた。

倉本も名刺を渡した。東は眼鏡を指で押しあげて、

「高山観光、統括マネージャー、倉本絢也さん……。パチンコホールをしてはるんですか」

「いや、ミナミでクラブとラウンジをしてます。いまは五店舗ですが」

大嘘だ。店はナイトウォーカー一軒で、オーナーは高山《たかやま》というホスト出身のAVプロダクション社長だ。高山は毎日、開店前に顔を出して前日の売上をチェックし、成績のあがらないホストを罵倒して、ときには蹴りを入れたりする。ナイトウォーカーのホストは、ほぼ三十人。ヘルプで客の酒を飲むしか能のないバカもいれば、倉本のように客をころがせるホストもいる。倉本の売上はいつもトップファイブだから、高山には大事にされているが、決して安泰ではない。ホストはすなわち売上であり、月に五百万円を切ると統括の肩書を外されて、ヒラのマネージャーになり、いずれは仲間内から弾き出される。そう、ホストがホストとして稼働できるのは四十代の半ばまでか。それまでによほど太い客をつかむか、億単位の金を貯めるかしないと、なれの果ては場末のスナックの雇われマスターだろう——。

「どうかしましたか」東がいった。

「いや、考えごとしてました」

「まず、ものを見せてください。コミッションはその上で考えましょ」

「けっこうです。よろしくお願いします」

キックバックは確認した。頭をさげて、東苑画廊を出た。

3

三月五日――。ミナミの日航ホテルのティールームで玲美を拾い、奈良に向かった。

「ね、なんで黄色いほうの車に乗ってこんかったん」

「あれはふたり乗りだ」

「そうか、彩を迎えにいくんやもんね」

やはり、この女は足りない。ランボルギーニ・ガヤルドに三人が乗れると思っている。ガヤルドは高山の車だが、北堀江のマンションのガレージに駐《と》めっ放しだから、たまに転がして洗車するよういわれている。

「この車はベンツやろ」

「S550」

「新車で買ったん」

「あたりまえだ」マルチ商法で大きく稼いでいる客からのプレゼントだ。二年落ちの中古車だったが、半値でも七百万はしただろう。「柏原家とはどういう親戚なんだ」

「よう知らんのやけど、わたしのお母さんの従姉かな、ひとみさんというひとが柏原いうひとと結婚して、そのひとみさんの子供が彩ちゃんやねん」

玲美の話はまわりくどいが、柏原家は明治のころからの奈良の大地主で、戦後、学園前周辺の住宅地が造成、分譲されたころ、沿線開発を進める近鉄に山林を売り、その資金で近鉄の株を買ったということだった。「——小さいころ、彩ちゃんの岩船の別荘によう行って、いっしょに遊んだ。齢がいっしょやし、ずっと仲良しやねん」

「彩ちゃんの学校は」

「松韻学園。小学校から大学まで」

奈良でいちばんのお嬢様学校だ。偏差値はともかく。

「ね、約束して」

「なにを」

「彩に手を出さへんて。免疫ないんやから」

「出すわけないだろ。おれは玲美が好きなんだ」

「そうなんや」

さもおかしそうに玲美は笑った。

第二阪奈道路——。宝来ランプを出て、ナビを見ながら奈良国際ゴルフ倶楽部沿いの道を北へ向かった。付近は緑が濃く、家というよりは邸《やしき》といった住宅が建ち並んでいる。あやめ池の手前

の教会の角で、

「ここ。ここをまがって」玲美がいった。

緩やかな坂をあがると高い石垣が見えた。

「これが彩の家」

「でかいな……」

石のどれもがひとかかえはある。石垣の長さは四、五十メートルか。奥行きも同じくらいなら、敷地は六、七百坪だろう。まさに豪邸だ。

玲美にいわれて左へ行った。石垣の一部がセットバックして、そこに女が立っていた。長身、髪は黒く、眼は切れ長で鼻筋がとおっている。白いダウンジャケットとライトグレーのスリムパンツはどことなく野暮ったいが、かなりのいい女だ。蓮っ葉な玲美とはものがちがう。肩にかけたシルバーのバーキンはクロコダイルだから四、五百万はするだろう。

車寄せにベンツを停めた。女は両手をそろえて深く頭をさげた。倉本もさげる。

玲美はサイドウインドーをおろした。

「待った?」

「ううん。いま出てきたとこ」

「乗って」

「ありがとう」

女は足もとの風呂敷包みを手にとり、リアドアを開けて乗ってきた。

「どうも、初めまして。倉本といいます」

後ろを向いた。「玲美ちゃんの友だちです」

「柏原彩です」彩の声はハスキーで低い。「今日は遠いところまで、すみません」

おっとりしたものいいに育ちのよさが感じられる。

「ね、早く行って」玲美がいった。「彩はひとみさんに内緒で外出するんやから」

ステアリングを大きく切り、車寄せをあとにした。

「玲美ちゃんから話を聞きました。お家の美術品を換金されるんですよね。良心的な店を知ってますから、ご案内します」

「ありがとうございます」彩はいったが、「ごめんなさい。今日はわたしの知り合いのお店に行くって約束したんです」

「それは……」

「前に一度、そのお店で掛軸を買ってもらいました。とても親切なひとで、またなにかあったら来てくださいって」北区老松通りの『崇稀堂《すうきどう》』という古美術店だという。

なんだ、おい、おれはお迎えの運転手か——。思ったが、顔には出さない。

「掛軸の作者は誰やったん」玲美が訊いた。

「お店のひとは藤原定家《ふじわらのていか》ていってた」

「どんな絵?」

「絵やなくて、書。和歌を書いた」

字のほとんどはひらがなだったが、読めなかったという。「でも、高く買ってもらったよ」

「いくらやったん」

「三百万円。びっくりした」

「そんなん、すごすぎるやんか。絵やなくて、字やろ」

「定家の書は偽物が多くて、本物はめったにないみたい」

「思い出した。藤原定家て、定める家て書くんやろ。教科書で見たことあるわ。新古今和歌集とか作ったひとや」

「そう。平安時代のひと」

「そういうのって、家宝やんか。お父さんにばれたら激怒するよ」

「大丈夫。蔵には掛軸の箱がいっぱいあって、ひとつぐらい減っても分かりません」

「彩のお父さんて、趣味のひと？」

「ううん。お祖父ちゃんと曾《ひい》お祖父ちゃんが集めたんやて」

だから、父親は蔵に入ることがない、と彩はいう。

「すごいわ。蔵の中のお宝をみんな売ったら、何億の世界やんか」

「でも、お父さんはお金に換えたくないみたい。相続税がかかるし」

「ほんまに、どこまでセレブちゃんなんやろ、この子は」玲美は笑う。

「ね、ね、それよか、『バルーン』のチケット、とれた？」

「あ、まだやねん。ネットの受付は明後日から。三十分でソールドアウトやね」

――倉本の存在を無視したガールズトークが延々とつづいた。

ナビを頼りに、老松通りに着いた。コインパーキングに車を駐めて降りる。狭い一方通行路の両側は画廊や骨董屋が軒を並べている。ところどころに法律事務所と司法書士事務所の袖看板が見えるのは、すぐ南側に大阪地裁と大阪高裁の合同庁舎があるからだろう。

崇稀堂はコインパーキングの近くにあった。左右をビルに挟まれた瓦葺きの町屋はこぢんまりとして間口もそう広くない。自動ドアの右にショーウインドーをしつらえ、赤い毛氈《もうせん》を敷いた床に乳白色の壺を飾っている。店構えは東苑画廊に似ているが、こちらは〝一見客お断り〟というふうだ。

彩、玲美につづいて店内に入った。鼈甲縁《べっこうぶち》の眼鏡をかけた店主は着流しの和服で、でっぷりと肥っている。茶の宗匠か、生花の家元といった風情だ。

「ようこそ。お待ちしておりました」

店主は深々と頭をさげた。彩、玲美、倉本もさげる。

「どうぞ。おかけください」

勧められてソファに腰をおろした。

「お飲み物は」

「コーヒーをいただけますか」と、彩。

「みなさん、コーヒーで？」

「はい」玲美と倉本もうなずいた。

店主はスマホを手にとった。近くの喫茶店から出前をとるようだ。

倉本はそれとなく店内を見まわした。壁に掛かっているのは絵ではなく、書ばかりだ。漢字十数行の経典の切れ端のようなもの、ぼろぼろの布切れを額に入れたものもある。

「絵、ないんですね」玲美がいった。

「絵もありますが、水墨です」

小さく、店主は答えた。「うちは茶掛けの軸と焼き物が主ですから」

「お茶席に飾るものですか」

「おっしゃるとおり、床の間に飾るものです」

店主のものいいは柔らかい。「ですから、お茶碗とか茶杓《ちゃしゃく》とか、棗《なつめ》といったお道具はございません」

茶道具の世界は間口が広く奥が深いため、古美術商もそれぞれの目利きによって扱う品目が分かれている、と店主はいった。

「あの、訊いてもいいですか」玲美がつづける。「あれ、お経ですよね」

「古写経の断簡《だんかん》です。『飯室切《いいむろぎれ》』といって、平安前期、嵯峨天皇の書とされています」

「高いんですか」

「そうですね。うちではいちばんの断簡です」

店主は値をいわず、玲美もそれ以上は訊かなかった。

「先日いただいた定家ですが、さっそく収めさせていただきました」

店主は彩にいった。「芦屋のさる蒐集家《しゅうしゅうか》にお見せしたら、ずいぶん気に入っていただいて、来月のお茶席に掛けられるようです」

「そうですか。それはよかったです」彩はあっさりうなずいた。

「で、本日はなにを……」

「裂《きれ》です」

「拝見いたしましょう」

「はい」

彩は傍らの風呂敷包みを出してテーブルにおいた。店主は一礼し、結び目を解く。包まれていたのは三点のシンプルな木縁の額だった。額の中は黄ばんだ和紙に貼られた虫食いだらけのぼろぼろの赤い布で、よく見ると、水鳥だろうか、二羽が向かい合い、まわりを蓮の葉が取り巻いている。上下左右ともに三十センチほどで、端がひどく綻《ほころ》びているから、布のもとの大きさと形が想像できない。

「これは、これは……。上代裂《じょうだいぎれ》ですね」

店主は眼を瞠《みは》った。「正倉院御物《ぎょぶつ》と同じ様式です。飛鳥、天平の時代はあるでしょう。……いや、すばらしい。みごとです」昂《たかぶ》った口調でいった。

「えーっ、こんな汚い……」

玲美がいった。彩を見る。「あ、ごめん、こんな布切れが正倉院なん？」

「奈良時代の錦です。おそらく渡来品です」

幕末、明治のころ、法隆寺から出た上代裂ではないか、と店主はいった。

「なんで法隆寺と分かるんですか」

「上代裂は法隆寺裂、正倉院裂のふたつしかありません」

ふたつの上代裂は、その大部分が七、八世紀、いわゆる上代に唐王朝から渡来したものであり、このふたつのグループのほかに上代の染織品は現在、ほとんど遺っていない。特に絹を素材とする染織品は普通に使っていても消耗しやすく、千年以上もむかしの染織品が伝世の状態で遺ったのは、さまざまな自然的、人為的条件をクリアしてきた、極めて稀な例だと、店主はいった。

「ふーん、奈良時代のひとはこんな派手な着物を着てたんや」玲美がいう。

「庶民の衣服は麻です。それに、この錦は着物ではなくて、幡《ばん》の一部でしょう」

「バン……?」

「染織幡といって、お寺の荘厳具《しょうごん》です。高い竿に吊るした幟《のぼり》のようなものを想像してもらったら分かりやすいですね」

幡は時代を問わず、各地の寺々におかれていたが、上代の幡の大多数は天平勝宝《しょうほう》四年の東大寺大仏開眼会《かいげんえ》や、同九年の聖武天皇一周忌に飾られたものだと、店主はいった。

「幟て、お相撲さんの名前を書いてる旗とかですよね」

「あんな安っぽいものじゃないです。幡の造りはとても複雑で、布製の枠をつけた錦を何段にも組み合わせて、脚に五色の平織の布を垂らしてます。……祇園祭の山鉾巡行はご存じですよね。

あの山や鉾の緞帳《どんちょう》飾りを幟にしたと考えてください」

店主は玲美の軽さにいらついているようだ。彩のほうに向き直って、「上代裂は二十万点以上あるとされていますが、そのほとんどが正倉院、法隆寺、宮内庁、東京国立博物館の所蔵です。民間にあるのは、せいぜい数千点でしょうね」

「わかりました。ご説明、ありがとうございます」

彩がうなずいた。「それで、この裂はおいくらで引き取っていただけますか」

「そうですね……」

店主は三点の額をテーブルに並べた。左から順に眼をやって、「水鳥文錦《みずどりもんにしき》は百四十万円、白地唐花文錦《からはなもん》は八十万円、この鳳文錦《ほうもん》は九十万円でいかがでしょうか」

「けっこうです」彩は小さくうなずいた。

「それでは、代金をご用意します」

店主は立って、奥の別室に消えた。

「すごいわ、彩。びっくりやわ」

玲美がいった。「百四十足す、八十足す、九十……。三百十万円やで。彩ん家《ち》の蔵には、いったいいくらくらいのお宝があるんやろ。彩は奈良時代の裂やとか、知ってたん」

「知るわけない。でも、もっと大きな裂が何枚かあるよ」

次はそれを持ってくる、と彩はいう。

「大きいって、どんなん」

「これくらいかな」

彩は両手を広げた。六、七十センチはある。「大きいから、額装はせずに、軸のように丸めて木箱に入れてる。……そういえば、箱書きに《正倉院裂》と書いてあったね」

「それやわ、彩。次はそれを売ろうよ」

「うん。そうやね」彩は平然としている。三百十万円もの大金を受けとる緊張とか、高揚といったものはまったく感じとれない。

倉本はスマホを出した。カメラをセットして、レンズを三点の額に向ける。

「なにするの」玲美が訊く。

「いや、記念だから」

「いいの？　彩」

「いいよ」彩がいう。

倉本は立って、アクリルが反射しないよう、一点ずつ正面から撮影した。

――と、そこへ自動ドアが開いて、ステンレストレイを抱えた男が入ってきた。会長は、と訊く。奥の部屋です、玲美がいうと、男はテーブルに白磁のコーヒーポットやカップを載せたトレイをおき、軽く頭をさげて出ていった。

「かわいいカップやね」

「ジノリでしょ」と、彩。

「高いの」

「ううん。そうでもない」

ポットとカップは白地に小さなサクランボを散らしている。

「ね、ね、彩。こういうお店って、三百万円で仕入れたものをどれくらいで売るの」

「二倍ということはないと思う」

「ほな、四百万円とか、五百万円とか？」

「それはちがう。……安くて七百万円、高くて九百万円くらいやないかな」

「えーっ」玲美の声が裏返った。「三倍やんか」

「子供のころ、お祖父ちゃんが怒ってた。……京都の有名な骨董屋さんでお経の軸を六百万円で買ったんやけど、半月くらい床の間に掛けてるうちに、なんとなく嫌になって、買いもどしてくれ、といったんやて。そしたら骨董屋さんの主人が来て、百万円で引きとらせてもらいます、と涼しい顔でいったから、お祖父ちゃんは軸を叩き返した。それからはお出入り禁止。いくらなんでも、六百万円が百万円て、ひどいよね」

「それって、京都やから？」

「京都も大阪もないと思う。骨董品って、仕入れても売り先がなかったら、十年も二十年も在庫のままやんか。……テレビのお宝鑑定番組で百万円とか値段がついて、鑑定してもらったひとが、〝これを売ってハワイ旅行します〟とかよろこんでるけど、ほんとに売るとなったら、二十万円、三十万円なんやで。だから、うちの蔵にあるものも、玲美が思ってるような大したお金にはなりません」

倉本は感心した。この女、のほほんとしているようで業界の仕組みをよく知っている――。

倉本がアイドル版画を売っていたころ、画廊は新人画家の油絵も扱っていたが、会長が画家に支払う画料は売値の十分の一だった。掛け率九百パーセントの商売はそうそうあるものではない。

「外国にはオークションとかあるよね。これは日本のすごい由緒あるお寺に伝わった錦です、いうて出品したらいいやんか」

「オークションは日本にもあります。でも、うちの蔵から出たと分かったら税務署が来る。うちのお父さん、鬼の顔して怒るわ」

「あ、そうやったわ。彩はお父さんが怖いんや」

「嫌いやねん、わたし、お父さんが」

なにかといえば旧家を鼻にかける父親を母親も嫌っていると彩はいい、玲美とふたりで笑ったところへ店主がもどってきた。

「裸のままですが」と、帯封の札束を三つと十万円をテーブルにおく。

彩は札をいい、十万円を玲美に渡して、札束をバーキンにしまった。ありがとう、と玲美は当然のように札をジップパーカのポケットに入れる。

店主は三点の額をソファの傍らにおき、ポットのコーヒーをカップに注ぎ分けた。玲美は砂糖とミルクを入れ、彩と倉本はブラックで飲む。

「美味しい。ブルーマウンテンですか」と、彩。

「ブレンドです。ブルマンの」

店主はうなずいて、「失礼ですが、上代裂はほかにも？」

「あります。もっと大きいのが」彩は両手で長方形を示した。

「幡の一部ですね」店主はいい、「文様は」

「唐花文です。地色は青」

「けっこうですね。ぜひ、拝見させてください」

「父に内緒で持ってきます」

低く彩はいい、店主は黙ってうなずいた。

4

崇稀堂を出た。彩が梅田で買物をするといい、玲美がつきあうといった。

「送らなくていいんですか」

「ごめんなさい。タクシーで帰りますから」

「次はいつですか」

「次って……」

「上代裂を持ってくるんですよね」

「あれはいつでもいいですけど」

「じゃ、今度はぼくの懇意の古美術店を紹介させてください。高麗橋の東苑画廊といいます。崇稀堂よりはいい値をつけるようにいっておきます」

「そうですね」彩はうなずいたが、「でも、わたしはお金よりも信頼できるお店が……」

「そこはまちがいない。ぼくが画廊勤めをしていたころからの友人ですから」

「分かりました。お願いします」

彩は足をそろえて丁寧にお辞儀した。倉本も返す。玲美は彩の腕をとり、倉本に目配せして去っていった。

なんやねん、おい――。倉本は舌打ちした。奈良から大阪までハイヤー代わりに使われて、千円のギャラも稼げなかった。


コインパーキングからベンツを出して東苑画廊に行った。東はこのあいだと同じようにカウンターの向こうで暇そうにしていた。

「こんにちは」

東のそばに行った。「今日は上代裂を見せにきました」

「ほう、どこに」東は怪訝な顔をした。

「実物はないんです」

スマホの画像を出した。東は覗き込んで、

「これは……」

「法隆寺裂だと思うんですが」

「おっしゃるとおり、法隆寺裂のようですね」

「後日、実物は持ってきますが、東さんならいくらの値をつけられますか」

「それは一般的な評価額ですか、うちの買値ですか」

「買値です」

「うーん、そうですね……」

東は画像を拡大し、長々と見ていたが、水鳥文錦を百三十、唐花文錦を六十、鳳文錦を五十万と評価した。

「合わせて二百四十万ですか」崇稀堂より値付けが渋い。

「ただし、実物を拝見して、三点ともまちがいないと判断した上でのお値段です。まとめてお譲りいただけるのなら、二百五十万円でお願いします」

「クライアントには二百といって、わたしに五十のキックバックは……」

「それはもちろん、ご希望どおりに」

上代裂が市場に出ることは滅多にない、ぜひ譲って欲しい、と東はいった。

「ほかにも正倉院裂があります。ちなみに、六十センチから七十センチ四方の幡の一部を持ってきたら、いくらになりますか」

「文様は」

「唐花文で地色は青です」画像はない、といった。

「ものを見せていただかないと値はいえませんね」東は小さくかぶりを振った。

「分かりました。画像を手に入れます」

「参考までに、上代裂の出処《でどころ》はどこですか」

「奈良の旧家です。明治のころからの大地主です」

「そうか。やっぱり奈良でしたか」

上代裂は幕末、維新の混乱期に奈良の寺院から流出したものが多いという。

「倉本さんはお若いのに、美術品にお詳しいですね」

「ありがとうございます。以前、画廊勤めをしてました」

長く話しているとぼろが出る。倉本は東苑画廊をあとにした。


玲美に電話をした。

──おれ。いま、どこ。

──梅田。グランフロント。

──お嬢さまは。

──いっしょやけど。

彩はランジェリーショップにいるという。

──頼みがあるんだ。学園前まで彩を送っていって、さっきいってた木箱の中の正倉院裂を撮ってくれないかな。

──撮ってもいいけど、スマホやで。

——そう、スマホでいいんだ。裂のほかにもいいものがあったら撮ってくれ。

——分かった。彩ん家に行くわ。

電話は切れた。


そして二日——。千日前の『バンビ』に行くと、玲美は窓際の席にいた。

「こないだはありがとう。彩がいってたよ、倉本さんによろしく、て」

「あの三百万はどうした。株屋の男にやったのか」

「知らん。聞いてない」

「くれよ、金」

「なによ、その手は」

「十万円、もらっただろ」

「あほらし。とっくに遣ったわ」

ろくでもない女だ。おれを舐めている。

「画像は」

「コピーした。ドコモショップで」

玲美はポシェットからＵＳＢメモリを出した。「蔵の中は木箱だらけやったけど、彩がめんどくさがったから、撮ったんは裂だけやねん」

「めんどくさかったのは、おまえだろ」

「おまえ、とかいわんとってよね」

玲美は口をとがらせる。「わたしはあんたの女とちがうんやで」

「そうか、それはわるかったな」

ここは機嫌をとっておかないといけない。デリヘルかソープに沈めるのだから。

「ね、わたしのツケって、ほんまはいくらなん。よう知らんのやけど」

「店のツケか」

「そう。ナイトウォーカーのツケ」

「二百二十万。おれのバンスになってる」

「それって、ほんまにほんま？」

「嘘をいってどうすんだ。……ま、あとはおれと玲美の話し合いだ」

「百五十万に負けてよ。そしたら払うし」

「いつだ」

「今月」

「ほんとか」

「彩に借りるから」

「だったら百五十万でいい。おれがオーナーに交渉してやるよ」

玲美を風俗に売っても紹介料は五十万から七十万だろう。気が変わって逃げられたら一銭にもならない。だったらツケを詰めさせるほうが固い。倉本の歩合は五十パーセントだから、七十五万の稼ぎになる。

ウェイトレスが水を持ってきた。倉本は注文せず、メモリをとって店を出た。

タクシーで東苑画廊に行くと、東はカウンターの向こうで居眠りをしていた。

「こんちは」

「あ、どうも……」

東は前髪をあげる。いつ見ても同じスーツだ。

「今日は画像を持ってきました」

カウンターにメモリをおいた。東はパソコンを立ちあげて、USBポートにメモリを挿した。

ディスプレイに画像が出た。フラッシュを受けたためか、やけに明るい。

青地に赤い花と緑の葉、細い白い茎が絡みあっている。そう、ぱっと見には煤《すす》けたペルシャ絨毯に似ている。裂のまわりは小豆色の帯のような布が取り巻いていて、枠のようにも見える。後ろは和紙で裏打ちされているのだろう、全体に張りがある。

「これは……」東は息を呑んだ。

「どうですか……」

「いや、みごとです。色褪せが少ない。虫食いもほつれもほとんどない。これほど状態のいい上代裂は初めてです」

「いくらで買ってもらえますか」

「それは実物を見ないと」

「画像で判断してください」

東は画像を拡大し、スクロールする。

「三百万円ですか……」つぶやくようにいった。

「ほかに持って行ってもいいんですよ」

「だから、実物を……」

「分かった。分かりました。三百五十にしましょう。キャッシュバックは百。どうですか」

少し間があった。東は振り返り、黙ってうなずいた。倉本はメモリを抜いて、

「じゃ、来週中にでも、クライアントに裂を持たせて来ます」

「倉本さん」

「はい?」

「ほかには行かないでくださいね」

東の声を背中に聞いて東苑画廊を出た。玲美に電話をして、来週中に画像の裂を持ち出すよう彩に伝えろ、といった。

5

週明け――。玲美から電話があった。彩の都合がわるくなったという。

——家族でイタリアとスペインに行くんやて。

——いつ、帰ってくるんだ。

——再来週。二十七日かな。

——おれは今週中に骨董屋へ行くといっただろ。

——大丈夫。彩から預かってんねん。正倉院とかの裂。

——おまえが売るのか。

——誰がおまえよ。いい加減にしいや。

——そう怒るな。口癖だ。

——裂を見せるわ。来て。バンビ。

玲美は心斎橋にいるといい、電話は切れた。


島之内のコインパーキングにベンツを駐め、千日前まで歩いた。寒のもどりか、風が冷たい。チェスターコートの襟を立てた。

玲美はシートにもたれて煙草を吸っていた。倉本を見てマイクロミニの裾を直す。灰皿には吸殻が三本あった。

「遅いやんか」

「起きたばっかりだ。シャワーを浴びた」

手をあげて、コーヒーを注文した。コートを脱ぐ。

玲美は真田紐をかけた長い木箱をテーブルにおいた。木は痩せて木目が浮き、箱書きは《正倉院裂》とある。いかにも古そうな箱だ。

倉本は紐を解き、蓋をとった。ところどころに染みのある和紙がゆるく巻かれている。巻物を手にとって広げた。ごわごわした厚い和紙で裏打ちされた裂は画像のそれよりも色鮮やかで、素人眼にも千二百年の時を越えてきたとは思えなかった。東苑画廊の東が感嘆したのも無理はない。

「絢也のいってた高麗橋の画廊、なんやったかな」

「東苑画廊」

「見せたんやろ。わたしが撮った画像」

「ああ、欲しいといってた」

「いくらで」

「二百五十万」

「それって、安くない？」

「この手の文様は数がある、床の間に飾るには大きすぎるそうだ」

「大きいんやったら、四つに切って掛軸とかにしたらいいやんか」

「まわりの帯まで切るわけにはいかないだろ」

いわれて気づいた。玲美のいうとおりだ。四つに切断して表装すれば手頃な大きさになる。どこか古寺の住職か茶道の家元に箱書きをさせたら箔もつく。東も同じことを考えているのかもしれない。「ね、高麗橋の画廊はやめて、こないだの崇稀堂に行こうよ。二百五十万円よりは高く買ってくれると思うねん」

「それで、どうするんだ」

「もし三百万円で売れたら、五十万円を絢也とうちで半分分けにするねん。彩には二百五十万円といっとくし」

「だめだ。おれは東苑画廊に売ると約束した」

「自分のものでもないのに、約束していいわけ。そんなん、おかしいわ」

「だったら、彩が売ればいいだろ」

「彩はね、今朝、関空から飛行機に乗ってん」

「いいご身分だ」

「崇稀堂と東苑画廊に裂を見せようよ。高いほうに売ったらいいやんか」

「そういうわけにはいかない。おれは東苑画廊に行く」

「わたし、つきあわへんよ」

玲美は裂を巻いた。木箱に入れて紐をかける。

「待て。おれは東苑画廊に行く。交渉して三百万にさせる。向こうがウンといわなかったら、そのときは玲美が崇稀堂に行け」

「絢也にこれを預けるわけ？　危ないわ」

「ばかいうな。おれは泥棒か」

「分かった」

玲美は紐を括った。「買ってよ、これ。絢也が」

「なに、いってんだ」

「二百七十万円でいいわ。彩に二百五十万円、うちの手数料が二十万円」

「冗談も休み休みいえ」

「これって、わるい話？　ちがうよね。絢也がこの裂を自分のものにしたら、いくらで売ってもいいねんで。四百万円でも五百万円でも、オークションで売ってもいいんやで」

「………」考えた。なにが得かを。確かに、わるい話ではない。

「うちのナイトウォーカーのツケ、百五十万円ていったよね。ここで領収書を書いてよ。それと百二十万円をくれたら、この裂をあげるわ」

「そうか……」

ツケをちゃらにするのは易いことだ。三協銀行に六百万、大同銀行に七百万の預金もある。

「――分かった。領収書は書く。でも、カードで百二十万はおろせない」

一日の払戻限度額は五十万のはずだ。

「キャッシングにしたらいいやんか。絢也のカード、プラチナやろ」

「ばかいえ。利息をとられる」

プラチナカードはダミーだ。ひとに見せびらかすだけの。

高山に借りるか――。そう思った。やつのマンションは北堀江だから、往復しても十五分だ。

コーヒーが来た。ブラックですする。

「待ってろ。三十分でもどってくる。ナイトウォーカーの領収書も持ってな」

コートをとって、立ちあがった。

6

「――それで、どうなりましたんや」阿波野《あわの》は湯呑をおく。

「めでたし、めでたし」佐保はいった。「出来のわるい姪はホストクラブのツケを精算して、百二十万円を手に入れました……。ま、いうたら、慰謝料ですわ」

「あの子、なかなかの役者でしたで。ときどき入れる合いの手が、それはそれは上手でしたな」

「いやいや、阿波野さんにはえらいお世話になりました。上代裂まで貸してもろて」

「自分の持ちもんに値を付けるいうのは妙な気分でした」

唐花文の裂もそうだ。あの裂は以前から崇稀堂にあった偽物《ぎぶつ》で、ほつれから時代付けまで、プロの染織職人が手遊《てすさ》びで作ったものではないか、と阿波野はいう。

「手遊びにしては心がけがようないですね。箱書きに《正倉院裂》とか書いて」

「箱はぼくが用意しましたんや。鼠に齧られてるけど、古いことは古い」

「なにからなにまで、ありがとうございました」

「あの唐花文裂はまわりまわって、うちに来たんやけど、お役に立ってよかったです」

阿波野はくわえたパイプにライターの火を入れる。

「ホストは売ったんですかね、裂」

「高麗橋の東苑画廊でしょ。先代は目利きでしたわ。息子さんのことはよう知らんけど、まさか、買取りはしてへんでしょ。写真はともかく、実物を手にとったら、時代がないと分かりますわ」

「あのあと、姪はホストに会うてないんです」

「それがよろしい。あの男は人相がわるすぎる。詐欺師の眼ですわ。若い子はあんなもんに騙されるんですな」

「その騙された子が、ぼくの姪です」

「いや、どうも、口が滑りました」阿波野は苦笑する。

「失礼ですが、これを」

封筒をテーブルにおいた。

「なんです」

「裂と箱のお礼です」封筒には十万円を入れている。

「佐保さん、そんな気遣いは無用です。裂はタダ同然やし、箱も大したもんやないです」

「それでは、ぼくの気が済まんのです」佐保は腰をあげた。

「ひとつだけ訊きたいんやけど、よろしいか」

「なんでしょう」振り向いた。

「あの、旧家のお嬢さんて、誰ですか」

「ああ、あの子は姪の友だちです。どこかの劇団で役者をしてます」

「道理で……」

「ついでにいうと、学園前の邸は、うちの菊池の知り合いで、さるアパレル会社のオーナーです」

「なるほど。そうでしたか」

「使えるものはなんでも使え。菊池の処世訓です」

「いえますな」阿波野はパイプのけむりを吐いた。

佐保は崇稀堂を出た。陽差しが暖かい。街路樹の欅《けやき》に緑が芽吹いている。

ヒタチヤ　ロイヤル

1

階下から里佳《りか》の声が聞こえた。書留がとどいているという。

箕輪《みのわ》はデスクの抽斗《ひきだし》から認め印を出して店に降りた。戸口のところに郵便局員が立っている。配達証明票に押印して書留を受けとり、二階の事務所にあがった。

横浜の弁護士事務所からきた封書だった。けっこう厚みがある。封を切って中の書類を取り出した。

《※　通告書

※　前略、当職等は、神奈川県横浜市中区元町5丁目12番××号に所在する株式会社フォルムズ（以下「弊社」という）を代理する弁護士として、貴社に対して、以下のとおり通告致します。

弊社は日本国における「フィリップ・ソーン」商標（平成4年5月23日に商標登録。登録番号第20623××号）の所有者であり、かつ米国のフィリップライン社製の「フィリップ・ソーン」商品の日本における独占的輸入総代理店であります。また弊社は「フィリップ・ソーン」商標を付した米国フィリップライン社製のファー付き中綿ジャケットをフィリップライン社指定の中国の縫製工場から日本に輸入しています。

さて、弊社が調査したところによると、貴社はロボス尼崎店、パークス京都山科店に対して、「フィリップ・ソーン」の標章と極めて類似した標章を付したファー付き中綿ジャケット（以下、「貴社商品」という。）を卸売りされたことが判明しました。

弊社が、米国フィリップライン社の香港に於けるライセンシーであるゴールデンアパレル・リミテッドに問い合わせた上で調査したところ、貴社商品に付されている標章が適法な権限を有さない第三者により、違法に付されたものであるとの疑いを強く持つに至りました。

ご承知のとおり、有名ブランド商品の偽造品の販売は、商標法、不正競争防止法等に違反する違法行為であります。

つきましては、弊社は貴社に対し、貴社商品の仕入先の名称、住所、代表者名、電話番号、及び仕入数量、仕入金額、仕入日を開示することを要求致します。万一、貴社が、貴社商品が真正商品であると主張される場合には、仕入ルートを開示した上で、その根拠をお示し下さい。

さらに、貴社商品の販売先の名称、住所、代表者名、電話番号、及び販売数量、販売金額、販売日を開示することを要求し、以上仕入先と販売先に関する情報を示す文書（仕入伝票、納入伝票、輸入申告書、証明書等）を当職等にご送付下さい。

つきましては、本書状到達の日から1週間以内に、前記に対する回答を、当職宛書面にて頂きますよう、お願い申し上げます。

なお、右期間内に貴社から誠意あるご回答を得られない場合には、しかるべき法的措置をとらざるを得ない場合もありますので、その旨ご了知おき下さい。

以上。

※平成××年、12月22日
※神奈川県横浜市中区相生町1丁目28番××号弥生ビル5階　高橋・宮下法律事務所
※米国フィリップライン社及び株式会社フォルムズ代理人
弁護士　高橋辰雄
同　　　生野祐介
※大阪市中央区南久宝寺町2丁目8番××号　有限会社ノワ
代表者　箕輪浩郎《ひろお》殿》

箕輪は舌打ちした。高橋・宮下法律事務所からの通告書は十月にも一通とどいている。くそうっとうしい。今年は三月、七月と、ほかの弁護士事務所からも二通の通告書が来た。『フォルムズ』に限らず、代理店も売上が落ちて青息吐息なのだ。五、六年前なら歯牙にもかけなかった箕輪のようなブローカーにまで通告書を送りつけてくる。たった千枚ほど売った偽物に、いちいちめくじらをたてなくてもいいものを。

むろん、こんな通告書は無視だ。相手にしていたら商売などできないし、代理人がほんとうに法的措置をとることはない。ただの脅しだ。弁護士事務所は通告書を送付するだけで十万円ほどの報酬を得ると聞く。

デスクの前に座り、朝刊を開いた。社会面から読みはじめる。

《100年祝賀　一転大混乱　東京駅記念スイカに9千人
20日、JR東京駅で、開業100周年記念の「Ｓｕｉｃａ」が途中で販売中止となり、駅員に問い合わせる人たちでごった返した。

インターネットのオークションサイトでは「超限定」などとうたい、10万〜20万円などの高額で転売をもちかけるケースが続出。買えなかったアルバイト黒沢良彦さん（42）＝東京都北区＝は「こんなもので金もうけをするのはよくない」、香川県高松市の佐々木久夫さん（62）も「売るほうがわるい」と憤った。

記念Ｓｕｉｃａは赤れんがの丸の内駅舎をデザインしたもので、1枚2千円。1人3枚まで購入可能だった。JR東は後日、改めて販売する方針だが、詳細は未定。》

あほくさい。たかがプリペイドカードに十万も出すやつがおるんかい——。箕輪はひとりごちた。しかし、いい商売だ。ひとり一万のバイトを雇っても三枚のカードが三十万円になるのなら大儲けできる。十人のバイトなら三百万だ。売りさばく経費が十万、バイト料が十万、カード購入代金が六万。差し引き二百七十四万は濡れ手で粟の稼ぎになる。

ひとむかし前だが、箕輪はテレフォンカードで儲けたことがある。白地のカードに人気アイドル十数人のブロマイドを印刷し、ディスカウントショップや金券ショップに持ち込んだら五百円のカードが七百円から八百円で飛ぶように売れた。もちろん肖像権や著作権などは考えたこともない。アイドルのプロダクションが気づいて騒ぎになり、雲行きが怪しくなって撤収したが、三万枚は捌いただろう。ヒット・アンド・アウェイ。荒稼ぎしたら、さっと逃げる。偽物商法の鉄則だ。

新聞を置き、昨日買ってきた『アートワース』を手にとった。箕輪は以前、『アートワース』の特集記事で知った『ブリジッド・スー』のシルクスクリーン版画をTシャツにプリントし、二千枚を捌いて三百万円ほど稼いだことがある。

巻末に近い『アートニュース』に、アロハシャツの写真と小さな囲み記事があった。

《ハワイオアフ島でヴィンテージアロハ　500枚見つかる

先月10日ごろ、オアフ島ハレイワ地区の衣料工場を解体中、アロハシャツ約500枚が倉庫内から発見された。アロハシャツはすべて完成品で、出荷前だったと思われるが、当時の関係者はおらず、工場は54年ごろ廃業したため、なぜアロハシャツが残されていたかは分からない。製品はすべて『ヒタチヤ』というブランドで主にアメリカ本土で販売され、高級アロハシャツとして人気があった。現在、アメリカの衣料雑貨マーケットで流通している『ヒタチヤ』ブランドのアロハシャツは100ドルから5千ドルとされ、工場倉庫で発見されたアロハシャツは製造後少なくとも60年が経過しているため、ヴィンテージものとしての価値があり、これらの所有権が『ヒ

タチヤ』の元経営者の遺族か衣料工場を買収した住宅建設会社にあるのかが注目されている。》

これは……。思わず膝を打った。いまや幻のブランドである『ヒタチヤ』の製品はすべてシルク製で、縫製もシルエットも申し分ない。スタンダードの『ヒタチヤ　ハレイワベイ』は日本から輸入したプリントシルク生地を使い、『ヒタチヤ　ロイヤル』は別染め和柄の綸子《りんず》や縮緬《ちりめん》、銘仙《めいせん》、絽《ろ》などを職人ひとりの手で仕上げた一点もののアロハシャツだったが、その素材と縫製がオーバークォリティーとされ、創業後二十年足らずで倒産し、ブランドは消滅した。一説では『ヒタチヤ』のオーナーは禁酒法時代に荒稼ぎした資金でアロハシャツを作りはじめたといわれ、ギャングに射殺されたため倒産、廃業したというのも伝説のブランドとされた理由のひとつだった。

八〇年代バブルのころ、『ヒタチヤ　ハレイワベイ』のヴィンテージアロハは四万円から七万円、『ヒタチヤ　ロイヤル』だと五十万円から八十万円はした。いまアロハシャツを着るのは若い男が多いが、中高年にはマニアがいる。そのマニアの中でも『ヒタチヤ』は蒐集の必須アイテムで、『ロイヤル』ならいくら出しても欲しいというのがいる。

箕輪は『アートワース』の裏表紙を見て、発行元の美術年報社に電話をした。

——はい。美術年報社です。

——すんません。『アートワース』の編集部につないでもらえんですか。

——失礼ですが。

——読者です。今月刊の『アートワース』を読んで、ちょっとお訊きしたいことがあります。

――お待ちください。

電話が切り替わった。

――はい。『アートワース』編集部。

――箕輪といいます。いつも読んでます。

――ありがとうございます。

――おたくさんは。

――編集長の佐保《さほ》といいます。

――わたし、大阪の船場で衣料品の卸をしてるんですけど、ハワイでヴィンテージのアロハシャツが見つかったそうですな。五百枚も。

――おっしゃるとおりです。

――あの記事を書かれたんは、編集長さんですか。

――いえ、あれは配信記事です。

――これはクレームとかやないんやけど、アロハシャツの写真が小そうて、ちゃんと見えんのです。もっと大きい、きれいな写真はないんですか。

――B5判ほどの写真はありますが、配信ですから不鮮明ですよ。

――何枚あるんですか。アロハの写真。

――あの、おっしゃることが分からんのですが。

――写真を見せて欲しいんですわ。

――お断りします。

電話が切れた。くそっ、失礼なやつだ。

スマホの電話帳をスクロールした。アメリカ村の『ダグフィールド』、古着屋だ。

――はい、ダグフィールドです。

――おはようさん。『ノワ』の箕輪です。

――あ、どうも。お久しぶりです。

――おたく、『ヒタチヤ』のアロハ、置いてるかな。

――二枚、あります。洋柄のハイビスカスと和柄の唐獅子です。

――唐獅子は『ロイヤル』かいな。

――いや、プリントですわ。平織のシルク。

――売値は。

――三九ですけど、箕輪さんやったら二九でけっこうです。

――わるいけど、『ロイヤル』が欲しいんや。

――あれはめったに出まわるもんやないですよ。あったら、うちも欲しいですわ。店の看板に。

――『ロイヤル』はなんぼくらいする？　おたくの値付けやったら。

――そら、柄と織りにもよるけど、破れや目立つ汚れがなかったら、最低でも四十は付けますね。

――あんたにこんなこと訊くのは筋やないけど、『ロイヤル』を置いてるとこ知らんかな。

――そんなん、気にせんでください。曽根崎の『コーディ』に飾ってるの見たことあります。セレクトショップやし、売り物《もん》やないと思うけど。

――曽根崎のコーディな。商店街の中かいな。

――商店街の西側です。御堂筋に面してますわ。

――分かった。おおきに。また寄らしてもらいます。

――いつでも来てください。コーヒーでも飲みに。

――すんませんでしたな。ほな。

電話を切った。手提げ金庫から、ありったけの四十万円を出してポケットに入れ、店に降りる。里佳がパッキン（商品を詰めた段ボール箱）からジップパーカを出してハンガーラックに吊っていた。

「ちょっと出る。昼までには帰る」

聞こえていないのか、聞いていないのか、里佳は返事をしない。客商売だから少しは愛想よくするよう日頃からいっているのだが、いっこうにあらたまる気配がない。なのに、里佳には時給九百六十円も払っている。

ノワは船場の問屋街、久宝寺通から一筋南へ入ったところにある。七年前の春、それまではスポーツ洋品会社の倉庫だった木造二階建の建物を借り、改装して営業をはじめた。一階は四十平米の売り場に千五百点ほどのカジュアル衣料を並べ、二階を事務所兼倉庫にして使っている。十二月は冬物から春物への交換期で仕入れが多くあり、二階の倉庫は壁面から天井までスチール棚にパッキンが山積みになっている。カットソー、ニット、ジャケット、パンツ、ジーンズ、ソックス、キャップ、スポーツバッグ、スポーツシューズ、どんな品物がどのパッキンに詰まっているか、うかうかすると箕輪にも分からないことがある。店売りの商品が捌けてスペースに余裕ができると、パッキンを店におろし、里佳が適当にディスプレイする。里佳は三十二歳。去年の夏、アメリカ村の雑貨店にいたのをスカウトした。

ロイヤルを貸してくれ、とはいえんな。買い取りか――。アロハシャツ本体が欲しいわけではない。目的は襟の織りネームだ。

箕輪は本町駅から地下鉄に乗った。

コーディはすぐに見つかった。アメリカの衣料雑貨を主に扱っているセレクトショップにしては小ぎれいな店構えで、ウインドーにはラルフローレンやJ．プレス、アヴィレックス、コンバースなどが並んでいた。

箕輪は店内に入った。『ヒタチヤ　ロイヤル』はカウンター奥の壁に白木の額入りで掛けられていた。開襟、半袖、地色は紺、生地は花柄小紋の縮緬だ。襟ネームは少し黄ばんでいるが刺繍文字もはっきり読めて、本物にまちがいない。

「ちょっとよろしいか」

アバクロンビーのジップパーカの店員に声をかけた。「そのアロハ、『ヒタチヤ』やね」

「はい、そうです。よくご存じですね」

にこやかに店員は応じた。「『ロイヤル』というスペシャルラインです」

「売り物ですか」

「ごめんなさい。ディスプレイです」

「わたし、同業者ですねん」

名刺を差し出した。店員は受けとって、

「衣料雑貨卸、ノワさん……」

「実は、うちのお客さんに『ヒタチヤ』のコレクターがいてはって、『ロイヤル』の縮緬を探してはるんですわ。それで、このアロハを貸してもらえたら、お客さんに見せたいと思うんやけど、どないですかね」

「でも、これは売り物じゃ……」

「いや、それはよう分かりました。見も知らん同業者が来て、いきなり看板を貸せというのはむちゃですわな。けど、そこをなんとかお願いできんですか」

「ぼくの一存では、なんともいえませんわ」

「失礼ですけど、店長は」

「ぼくが店長です」

「それやったら、オーナーさんに訊いてもらえんですか。『ロイヤル』を貸してもええか、と」

「オーナーに訊いても、貸したりはできませんわ。売るのはOKかもしれませんけど」

「すんませんな。訊いてもらえませんか。売ってもええとなったら、値段も」

「あ、はい……」

店長はカウンターの電話をとった。ダイヤルボタンを押す。すぐにつながったらしく、箕輪に背を向けて小声でぼそぼそ喋り、受話器をおろした。

「OKです。売っていいそうです」

「いくらですか」

「三十八万円です」

「そら、ちょっとね……」

予想の範囲内だが、高い。「正直なとこ、この花柄小紋は地味ですわ。アロハの明るさというか、華がない。わたしはコレクターのお客さんに四十万までで話をしようと思てますねん。ここで三十八万で仕入れたら、利ザヤがないんですわ」

「でも、オーナーは……」

「もういっぺん、訊いてもらえんですか。三十とはいわん。消費税込みで、三十二万でお願いします」

さげたくない頭をさげた。こんな若造に。

店長はまた電話をかけた。さっきよりも長く話して電話を切り、

「三十五万円です。それ以下ではダメです」

「分かった。けっこうです。三十五万でいただきます」

腐っても額付きの『ヒタチヤ　ロイヤル』だ。叩き売っても二十五万にはなる。

店長は壁から額を外して裏蓋を開けた。コルクにとめたピンを抜いてシャツを取り出す。箕輪はシャツを手にとり、日焼け、褪色、汚れ、綻《ほころ》び、縫製、ステッチ、襟ネームを詳細に検品した。六十年もののヴィンテージアロハとしては難のないものだった。

箕輪はポケットの四十万から五万円を抜き、カウンターに置いた。店長はシャツをたたんで手提げ袋に入れ、額をまた壁に掛けようとした。

「ちょっと待った。額もいっしょやないんですか」

「この額は特注なんです。ディスプレイ用の」

「そら話がちがう。コレクターはアロハを着るわけやない。額に入れて部屋に飾りたいから、四十万もの金を払うんですわ」

箕輪はつづけた。「アロハを貸してもらえるんやったら額は要りません。けど、買い取りとなったら額ももらわんと、うちは商売にならんやないですか」

「いわれることは分かりますけど、ぼくは額まで売るとオーナーにいってません」

「ほな、オーナーにいうてくださいな。同業者に便宜をはかるのが商売人ですやろ、と」

ここは粘らないといけない。白木の額を特注すれば安くても三万はする。

「分かりました。ぼくの判断で額をおつけします」

面倒になったのか、店長はいった。箕輪は礼をいう。店長はカウンターに置いた札を数え、額をエアキャップで包装して紐をかけた。

2

地下鉄改札口を出て、箕輪は南本町から備後町に向かった。綿業会館の筋向かいにネーム屋の『錦商店』がある。番頭の坂口《さかぐち》にアロハシャツの襟ネームを見せた。

「これと同じネームを織って欲しいんや」

「ヒタチヤ　ローヤル……。なんか、古そうなアロハですね」

「ローヤルやない。ロイヤルや」坂口は『ヒタチヤ』を知らないらしい。

「これ、地色は白ですか。文字は煉瓦色かな」

「けっこう黄ばんでるけどな。字はあずき色やろ」

「念のため、ここに書いてください」坂口はノートを広げた。

織りネームは文字とマークをコンピューターにプログラムし、ジャカードで織り込んでいく。全体がロール式のリボンのようにつながっていて、ワンロットが数千枚単位だから、スペルが一字でもまちがっていると、すべてのネームが使い物にならなくなる。坂口がノートに書けというのは、トラブルが起きた場合の責任の所在をはっきりさせるためだ。

箕輪はボールペンを借りて、ネームの内容を書いた。

HITACHIYA　ROYAL

ｈａｎｄｓｅｗｎ　Ｊａｐａｎｅｓｅ　ｋｉｍｏｎｏ　ｓｉｌｋ
ＨＡＬＥＩＷＡ．ＨＡＷＡＩＩ．Ｕ．Ｓ．Ａ．

「地は白、文字はあずき色ですね」

坂口は織りネームの見本帳を持ってきた。あずき色だけでも何十種類とある。幅が二十八ミリ、光沢の似たネームを箕輪は選んだ。

「で、値段は」

「文字数は六十一。……一枚あたり七十円です」

ロットは三千枚だと坂口はいう。一枚が七十円なら二十一万円だ。

「三千枚も要らんのや。千枚もあったら足りる」必要なのはせいぜい五百枚だ。

「けど、安うなるのは材料費だけですよ。千枚やと……そうですね、十八万はいただかんと」

「そんなに急《せ》いてへんのや。納期は年明けでもええ。せめて十五万にならんかな」

「年明けの何日です」

「そうやな、十五日には欲しいな」

「一月十五日……」

坂口は壁のカレンダーに眼をやった。「それやったら十六万円にさせてもらいます」

錦商店の工場は福井市の郊外にある。福井県はニット産業が盛んで、織りネームを手がけているところが多い。

「ネームの書体はサンプルに合わせて欲しい。まったく同じでな」

要するに、偽ネームを作れ、ということだ。坂口には何度も仕事を頼んできたから、箕輪がなにを求めているかは分かっている。

「ちょっと、剃刀《かみそり》貸してくれるか」

薄刃の剃刀で慎重に糸を切り、襟ネームを外した。坂口に渡して錦商店を出た。

額を提げて久太郎町に向かった。細い紐が指に食い込んで痛い。透明アクリルを入れた額はけっこう重く、七、八キロはあるだろう。

本町通の信号を渡り、縫製屋の『明光』に入ると、宇佐美《うさみ》が石油ストーブをそばに置いて、きつねうどんを食べていた。鰹出汁の匂いが鼻をくすぐる。

「旨そうやな」

「あんたも食うか」出前を頼めるという。

「蕎麦にしよ。たぬき蕎麦」

宇佐美とは腐れ縁だ。齢《とし》も近いから遠慮のない口をきく。宇佐美はスマホで、たぬき蕎麦を注文した。

箕輪は手提げ袋からアロハシャツを出した。

「ヴィンテージアロハを仕掛けたい。古着の着物を見つくろってリメイクしてくれるか」

「リメイク？　アロハ……」

宇佐美は箸をとめた。「一点物なんか、儲けにならんで」

「ただの和柄アロハやない。ヴィンテージや、ヴィンテージ」

「やめといたほうがええで。あんた、『５０１』で懲りたやろ」

そう、ヴィンテージの『リーバイス　５０１』だ。九〇年代のブームのころは、後ろポケットのステッチがちがうだけで、珍しいものは五十万や六十万の値がついた。箕輪は三万円ほどのヴィンテージ『５０１』を十枚買い、後ろポケットをつけ替えて売ろうとしたが、一枚も捌けなかった。ジーンズそのもののシルエットがちがったのだ。ヴィンテージの偽物を作るときは型紙から変えないといけないというのが、そのときに得たノウハウだった。

「同じミスはせえへん。今度のアロハは『ヒタチヤ　ロイヤル』や」

「あかん、あかん」

宇佐美は揚げをほおばった。「『ヒタチヤ』はともかく『ロイヤル』はヴィンテージというよりアンティークに近い。どんな出来のええコピーでも、本物やと思てもらえん。なにせ数がないし、めったと見ることがない」

「これや。このアロハが『ロイヤル』なんや」

「なんやて……」

宇佐美は箸を置いてシャツを手にとった。「ネームがないがな」

「さっき外した。ネーム屋に預けてきた」

「あんた、ほんまに仕掛ける気かいな」呆れたように宇佐美はいう。

「地味やろ。こんな柄でも値切って三十五万や。絽とか派手柄の綸子やったら、小売りで五十万は行くで」

「けど、一枚や二枚、売ったところで大した稼ぎにはならんがな」

「とりあえず百枚や。東京で業者に捌く」

「無理や。なんぼ東京へ持って行っても、出どころの分からんもんを百枚は捌けん」

『ロイヤル』は珍しすぎる。日本中を探しても、二、三百枚だろう、と宇佐美はいう。

「出どころはある。ハワイの『ヒタチヤ』の工場や」

「とっくのむかしに潰れたやないか。『ヒタチヤ』は」

「今朝、雑誌を読んだんや。おもしろい記事があった。ハレイワの衣料工場を解体してな、倉庫から五百枚の『ヒタチヤ』がみつかったんや」

記事の内容を説明した。宇佐美はうどんを食い、出汁を飲みながら聞く。それでようやく箕輪の狙いが分かったようだ。

「──その工場から出たアロハを売るんやな、あんた」

「そういうこっちゃ」

「抜け目がないの」宇佐美はにやりとした。

「せやから、アロハをリメイクして欲しい。正絹《しょうけん》の綸子や縮緬や絽でな」

「予算は」

「一枚、二万」

「三万や。コピーと聞いたからにはな」

「二万二千」

「二万八千。ネームの縫いつけ代も入れてな」

「分かった。二万五千で手を打と。デザインと縫製はこのサンプルどおり。身頃《みごろ》とポケットの柄合わせはきっちりして、貝ボタンも同じのを付けてくれ」

「相変わらずやの。わしはいつでもあんたに鼻面を引きまわされる」

「おれはプロデューサー、あんたはディレクターや」

「そんなええもんか」

宇佐美は笑った。箕輪もそうだが、偽物を作ることに犯罪意識は欠片《かけら》もなく、おもしろがっている。宇佐美の仕事はまちがいないし、口も固い。だから、長いつきあいをしてこられたのだ。

「で、アロハの納期は」

「とりあえず、来月中旬までに三十枚。来月末までに百枚は欲しい」

「ほな、わしが着物を探して職人に渡そ。古臭うて派手めの柄の着物をな」

「ついでに、貝ボタンもあんたが探してくれ」

「このアロハはバラしてもええんやな。型紙とるのに」

「型紙とったら、また縫い直してくれるか。なにせ、三十五万や」

「相変わらずやな。あれこれ要求が多い」

宇佐美はうどん鉢を脇に置いた。「――『ヒタチヤ』いうのは、いつの創業や」

「戦前や。一九三〇年代の半ばやろ」

一九世紀の終わりごろ、日本からハワイに移住した人たちが着古した着物をほどいて開襟シャツに縫い直したのが、アロハシャツの起源とされている。需要が増えた三〇年ごろにはハワイに縫製メーカーが多く設立され、日本から生地を輸入して作ったシャツをハワイやアメリカ西海岸で販売した。アロハシャツはハワイにおける冠婚葬祭の正装であり、民族衣装、リゾートウェアとしての需要も根強い――。

「『ヒタチヤ』をはじめたんは、なんちゅう名前やったかな。金子《かねこ》、金井《かない》……」

「金子や。金子長太郎《ちょうたろう》」

「金子がギャングやったいうのはほんまの話か」

「どうやろな。禁酒法で大儲けしたんはほんまかもしれんけど、ギャングがアロハシャツ屋に商売替えはせんやろ」

「金子の親父は茨城生まれのハワイ移民か」

「んなことはどうでもええ。おれの稼業には関係ない」

煙草をくわえた。「たぬき蕎麦、遅いな」

「昼時や。うどん屋も忙しい」

「ここ、寒いぞ。エアコンは」

「壊れてる。せやから、ストーブ入れてるんや」

「エアコンぐらい買えよ」

「一昨日、買うた。取り付けは明日や」

宇佐美は箕輪の煙草を一本抜き、ジッポーで吸いつけた。

店に帰って事務所に額を置き、また外に出ようとしたところへ電話が鳴った。

——はい、ノワ。

——箕輪さんですか。こちら、『アルプ』ですが。

サラ金だ。先週も電話をかけてきた。しつこい。

——返済期日がすぎてるのはご存じですよね。

——ああ、いま金がないんですわ。

——そう軽くいってもらったら困りますね。約束は守っていただかないと。

——まだ十日ほど遅れてるだけやないですか。そっちも遅れた分の利息をとるんやからよろしいがな。

——箕輪さん、これは当社と箕輪さんの契約なんです。お支払い願えませんか。

——なんや、あんた。ただでさえ忙しい年の暮れに催促の電話なんぞかけてきて。顧客の機嫌を損ねるのがあんたの仕事かいな。

——そんな無茶いわないで。少しでも払ってくださいよ。

——どこが無茶や。おれはあんたに金を借りたんやないで。アルプという金融会社に借りたんや。それをごちゃごちゃえらそうにいわれたら、返済する気も失せてしまうな。

――じゃ、いつ支払っていただけるんですか。

――来月や。十万円と延滞の利息分を入金する。

電話を切った。サラ金も大手になると強引な取り立てはしない。所詮、サラ金の社員もサラリーマンなのだ。こちらは担保も保証人もとられたわけではないから、適当にあしらっておけばいい。箕輪は日本政策金融公庫に三百万、銀行、信用金庫に千二百万、サラ金三社に二百万円近くの金を借りている。

階下に降りた。里佳がレジの向こうでランチのオムライスを食っている。店番はひとりだけなので、里佳には出前をとれといい、千円までなら箕輪が払うことにしている。

三十分で帰る――。いって、外に出た。


久宝寺通を東へ行った児童公園の隣、古ぼけた雑居ビルに入った。エレベーターで五階、三号室のドアを開けた。

「ああ、箕輪さん、入金かいな」

辻《つじ》がこちらを向いた。応接室のテーブルに二つ折りの膝掛け毛布を敷いて花札をしている。コイコイだ。相手は黒のウールシャツにグレーのカーディガンをはおった、たぶん同業者だろう。

「すんませんな。金を払いにきたんやないんですわ」

辻の手札を覗き込んだ。梅と桜の赤短を持っている。

「なぁ、箕輪さん、先月は利息しかもろてへんのやで」

辻は梅の赤短で鶯の十点札をとった。「今日は十万でも元金を入れてくれんとな」

「十万はないけど、あるだけでよろしいか」

「けっこうや。それであんたの誠意が分かる」

箕輪は札入れから五枚の万札を抜いてテーブルの脇に置いた。辻は一瞥して、

「――で、あんた、ほかになんぞ用があるんか」さもうっとうしそうにいう。

「金、貸して欲しいんです」

「なんぼ……」

「百、頼みますわ」

「ほう、百万とは大金やな。あんたにはまだ八十万ほど残ってるんやで」

「明日、現金問屋に支払いがあるんです」

「そうかいな……」

辻は桐の二十点札をとった。「そら、うちは金貸しが商売やけど、一件で百八十万いうのは無理な相談やな」

「『クレア　エヴァンス』のファー付き中綿コートが千枚ですねん。売れ先も決まってます」口から出任せだ。

「ブローカーはみんな、そんなふうにいう。貸した次の日には丼池《どぶいけ》から消えとるんやから世話はない」

辻は丼池の衣料品や洋品雑貨卸を対象に金を貸す街金《まちきん》だ。むろん、貸金業登録などしておらず、

事務所には表札すらない。箕輪は先々月、辻に百二十万円の先付《さきづけ》小切手と会社及び自宅の登記簿謄本、事務所の賃貸契約書コピー、売掛金一覧表などの書類を差し出して百万円を借りた。利息のツキイチは闇の街金としては異例に安く、組筋とも直接のつながりがないため、『辻商事』は丼池でもっとも繁盛している街金だといわれている。

「辻さん、おれ、トラブったことないやないですか。頼みますわ、百万円」

「そのファー付きコートの売れ先て、どこなんや」

「マルフジとポートハウスが六百枚。業者仲間が四百枚です」これも嘘だ。

辻も丼池の街金だから、箕輪が千枚のファー付きコートを偽造してどれくらい稼ぐかは読んでいる。

「な、吉村《よしむら》はん、あんなふうにいうてはんねやけど、どないしたらええもんかな」

辻はコイコイの相手に話しかけた。吉村は六十すぎ、白髪まじりのヅラをつけている。その風貌はどう見ても堅気ではない。

「わしが貸そか、百万」

ぽつり、吉村はいった。「このひと、店はあるんかいな」

「南久宝寺。ノワいう、十二、三坪の店をやってますわ」

辻はまたこちらを向いた。「若い衆《し》向けの服やったな」

「そう、アメリカン・カジュアルです」箕輪は答えた。

「客はついてるんやな」吉村は辻に確かめる。

「そこそこ忙しいにはしてるみたいやね」

「あんた、なんで金が要るんや。そこそこ売れてるんとちがうか」吉村は箕輪に訊いた。

「売れるのはブランドものだけです。ノーブランドは見向きもされません。かというて、ブランドもんも流行りが短《みじこ》うて、タイミングを外したら、あっというまに不良在庫です。それが分かってても、この商売は次々に仕入れをして商品をころがしていかんと倒れるんです。そう、自転車操業です。繊維業界全体が縮小して、どこともぎりぎりの綱渡り状態ですねん」

「口が達者やな、あんた」

吉村は表情を変えず、「街金はほかに何件ほど借りてるんや」

「街金はここだけ。辻さんとこだけです」

「商工ローンは」

「道修町《どしょうまち》の『ニッケン通商』です」

「そこはなんぼや」

「九十ほど残ってます」借りたのは二百万円、といった。

「商工ローンの保証人は」

「うちのよめはんの兄です」

「そのひとは勤め人か」

「自営です。家庭洋品の代理店をしてます」

夫婦でマルチ商法をしている。年収は箕輪より少ないだろう。

「あんたの家はどこや」

「豊中です。敷地二十五坪の建売住宅です。よめはんは十年前に出て行きました」

住宅金融支援機構と銀行の抵当がついているといった。

「このひとのいうたことにまちがいないか」

吉村は辻に訊いた。辻は黙ってうなずいた。

「よっしゃ、貸そ。百万」

吉村は箕輪を見た。「うちはトイチや。十日で一割。返済が遅れたときは、辻さんみたいに甘うないで」

「けっこうです」

頭をさげた。背に腹はかえられない。同じ闇金融でもトサンやトシのシステム金融よりはマシだとみるべきか。

「先付小切手を作ってくれるか。来年の一月二十二日付けで百三十万や。あとの書類一式は辻さんのと同じでええ」

「分かりました。用意します」

「金は明日、うちの若いもんに持ってやらす」

「できたら、午前中にお願いします」

名刺を渡した。吉村と辻はコイコイをつづけた。

3

年明け――。宇佐美から連絡があったのは十四日だった。注文したアロハが三十枚、できあがったという。箕輪は坂口に電話をした。

――箕輪です。襟ネーム、できたかな。

――ちょうどよかったですわ。できてます。今日の夕方、福井からとどきます。

――ほな、五時にもらいに行ってもええか。

――大丈夫です。五時やったら。

――十六万、持っていくわ。

――おおきに。ありがとうございます。

襟ネームを受けとって宇佐美に渡し、シャツの襟布に縫いつけてもらうのが順序だが、先にアロハの出来を見たかった。箕輪が想い描く『ヒタチヤ　ロイヤル』と宇佐美が考える『ヒタチヤ　ロイヤル』に相違があってはいけない。

箕輪は階下に降りた。ちょうど店先にライトバンが停まって、客が店に入ってきた。佐藤《さとう》という、半月に一度は顔を出す小売り業者だ。堺東と泉北ニュータウンのショッピングモールでテナントのレディースショップをやっている。

「いま、アウターのトップスはなにがよろしい」

佐藤は店内を見まわしながら訊く。薄茶のツイードジャケットに黒のハイネックニット、濃紺のズボンにスエードのローファーは、どう見ても〝オヤジ〟だ。もう少しまともな装《な》りをすればレディースショップの売上も伸びるだろうに。

「さぁね、売れ筋が読めたら、こっちも苦労しませんけど……」

箕輪は店頭のハンガーラックに吊ったフードジャケットを指さして、「それなんか、けっこう出てますわ。『クレア　エヴァンス』」

「アイボリーとグレーだけ？」

佐藤はそばに行ってジャケットの裾をつまむ。「薄いね」

「なんとなくヨレッとしてますやろ。その感じが受けるんですわ」

フードジャケットは二千枚、中国広州から輸入した。左胸の《CLEA　EVANS》のロゴマークは中国で刺繍したものだが、通関でひっかかるため、ロゴ部分に上から中国ブランドのマークを刷った共生地《ともきじ》を極細の糸で縫いつけて隠し、通関後、共生地を外して襟ネームをつけたのだ。ロゴマークのついていない素のジャケットを輸入して日本で刺繍を入れるほうが面倒はないが、日本の刺繍加工賃は高い。箕輪はこの数年で原価千五百円前後の『クレア　エヴァンス』を一万枚は捌き、業者売りで五百万円あまりを稼いできた。

「これは、いくら？」フードジャケットの襟ネームを見ながら、佐藤は訊いた。

「二千七百円です」ふっかけた。

「百枚やったら？」

「二千五百円」

「もらいますわ」

佐藤はうなずいて、サイズ別に百枚を選んだ。まさか、本物だと信じているわけではない。胸のマークが『クレア　エヴァンス』で、襟ネームが《made in USA》なら、それで充分なのだ。八千円から九千円の値札をつけて売るのだろう。

箕輪は里佳にいって、百枚のフードジャケットをパッキンに詰めさせた。佐藤はほかに『チューブライン』のニット十枚と『バーグ』のムートンブーツ五足を買い、ライトバンに積んで帰っていった。代金は月末振り込みだ。

焼け石に水やで。たった三十万――。箕輪はさほどうれしくない。


明光――。宇佐美はソファにもたれて、デスクトップのパソコンを眺めていた。

「そんなとこでキーが打てるんか。仕事にならんやろ」

「テレビや。ネットでゴルフ番組してる」宇佐美は顔をあげた。

「与太話してる暇はないんや。アロハ、見せてくれ」

「ま、座りぃな。なにか飲むか」

「コーヒー」

「ブレンドでええな」

宇佐美はスマホをとり、パンケーキとブレンド二杯を注文した。

「あんた、なんでも出前やな」

「そらそうやろ。たったひとりの営業が外を出歩くわけにいかんがな」

「アロハは」

「気ぜわしいな」

宇佐美はパソコンから離れ、奥からパッキンを持ってきた。ソファの脇に置いて蓋を開け、アロハシャツを五枚ほど出してテーブルに並べる。

綸子、縮緬、銘仙、絽、どれも和柄で、花簪《はなかんざし》、童、鳳凰、花筏《はないかだ》とバラエティーに富んでいる。中でも紺地の絽の流水紋を仕立てたアロハはさらっとした張りがあり、みごとな出来ばえだった。

「きれいや。惚れ惚れする」襟裏は共布で貝ボタンも古く、申し分ない。

「シャツを縫わせたら一等の職人ふたりに頼んだ。本物の『ヒタチヤ　ロイヤル』よりものはええで」

素材の着物を入手するため、何度も京都に足を運んだと、恩着せがましく宇佐美はいい、三十枚のアロハをすべて箕輪に見せた。

「あとの七十枚分の着物も職人に渡してる。今月中に百枚はできるやろ」

「あんた、目利きや。素材がええ」

どんなにいい着物でも、古着の値は千円までだろう。ほどいて洗い張りをしないとシャツにできないから、ずいぶん手間がかかる。

「襟ネームは明日、持ってくる。縫いつけてくれ」

「とりあえず三十枚分、金くれるか。七十五万や」

「金も明日や。ちゃんと払う」

「そう、そう。こういうのは現金取引やからな」

宇佐美はアロハをパッキンにもどして、肘掛けによりかかる。宇佐美は職人に一万五千円ほどを払って、一万円は抜く肚だろう。この男も海千山千だ。

「あんた、ゴルフはどうなんや。練習してるか」宇佐美は煙草を吸いつけた。

「打ちっ放しなんぞ行かへん。最後にコースをまわったんは去年の秋や」

「なんぼ、叩いた」

「百二十」

「ひどいな」宇佐美は笑った。

「五十五やで。無理ないやろ」

「ハーフ、五十五か」

「齢や。おれの齢」

こいつは分かっていて、気に障ることをよくいう。

「帰る。ネーム屋に寄る」腰を浮かした。

「待てよ。コーヒー頼んだのに」

「パンケーキ食えや。二杯のコーヒーで」

明光を出た。

襟ネームを宇佐美に渡し、縫いつけた三十枚の『ヒタチヤ　ロイヤル』を受けとったのは十七日の土曜だった。箕輪はアロハをハンガーにかけ、三日間、事務所の屋上で天日干しにした。紫外線を浴びたアロハは僅かに褪色し、いかにもヴィンテージらしい風格がついた。

4

水曜日――。箕輪は午前八時発の新幹線で東京へ向かった。ふたつのキャリーケースには三十枚の『ヒタチヤ　ロイヤル』を詰めている。

原宿、表参道でタクシーを降りたのは十一時すぎだった。セレクトショップの『ＶＥＲＭＩＬＩＯＮ』とは四年前に取引したことがある。当時のバイヤーは照屋《てるや》という、たぶん沖縄出身の男だったが、まだ在籍しているだろうか。ＶＥＲＭＩＬＩＯＮは渋谷や吉祥寺など、都内に六店舗を展開している。

ファサードはポーチを広くとったダークペーンのガラス張り、キャリーケースをころがして店内に入った。天井が高く、五十坪ほどの広いスペースに並べられている商品は種類も点数もそう多くない。メープル材の棚は低く、見とおしがいい。箕輪はレジ奥の女性に声をかけた。

「照屋さん、いてはりますかね」

「マネージャーですね」

「あ、はい……」照屋はバイヤーから本店マネージャーに昇格したらしい。

「失礼ですが」

「ノワの箕輪といいます。大阪から来ました」

「お待ちください」女性は電話をとった。

ほどなくして、バックヤードから照屋が出てきた。黒いフランネルのジャケットにダークグレーのカットソー、スリムジーンズ、黒のチャッカーブーツを履いている。

「おはようございます。お久しぶりです」

照屋は箕輪を憶《おぼ》えていた。「今日はなにか……」

「ちょっと珍しいものを手に入れたんですわ。照屋さんに見てもらおうと思いましてね」

「なんでしょう」

「アロハです。『ヒタチヤ　ロイヤル』」

「えっ、ほんとですか」

照屋は箕輪のキャリーケースに眼をやった。

「こちらさんが古着を扱わんのは知ってます。けど、これはデッドストックですねん」

「すると、あれですか。オアフ島で見つかったという……」

「さすがに、知ってはりましたか」

「そりゃあ、大きなニュースだから。我々の業界では」

狙いどおり、照屋は食いついた。

「見てもらえますか、アロハ」

「はい、はい。ぜひ」

バックヤード、会議室のような殺風景な部屋に案内された。照屋は長テーブルのファイルやチラシを脇によける。箕輪はキャリーケースから十点ほどシャツを出して並べた。照屋は腕組みをし、しばらくじっとシャツを眺めて、

「すばらしい」と、つぶやくようにいった。

「気に入ってもらえましたか」

「いやぁ、これが『ヒタチヤ　ロイヤル』なんですね。以前、アメ横で何点か見ましたが、これほどのアロハじゃなかった。ヴィンテージの『リーバイス　501』もすばらしいけど、はっきりいって、こちらは別格です」

照屋は襟布の織りネームに顔を近づけた。「ネームも完璧だ。まさにデッドストックですね」

「オアフ島に知り合いのブローカーがいてますねん。あの記事を読んですぐ、ダメもとで連絡とりました。見つかったアロハを手に入れられんか、と」

「それにしても、よく手に入りましたね」

「記事には五百枚と書いてましたけど、ほんまは七百枚ほどあったみたいです」

「へーえ、そうなんだ」

「詳しいことは教えてくれんかったけど、工場を解体した作業員が二百枚ほど持ち出したみたいで、もちろん、値打ちなんか分からんから、ホノルルのショップに持ち込んだ。一枚が十ドルと

か二十ドルです。そのあとで『ヒタチヤ　ロイヤル』や、と大騒ぎになったんですわ」

ブローカーが送ってきたアロハは三十枚だった、と箕輪はいった。「たぶん、これから『ヒタチヤ　ロイヤル』が日本に入ってくることは、金子長太郎の遺族と建設会社の所有権裁判が終わるまでないと思います」

「三十枚のアロハは、みんな箕輪さんが買い取ったんですか」

「いやいや、そんな余裕はないです。わたしの買い取りは五枚で、あとは委託です」

「そのハワイのブローカーはどういうひとです」

「名前とかはいえません。ま、業界の古株で、あちこちに顔が利く。ハワイでは知らんもんがおらんような人物です」

我ながら、すらすらと嘘が出る。これもセンスだ。「どうですかね。『ヒタチヤ　ロイヤル』を買《こ》うてもらえんですか」

「その前に、うちがこれを売るとき、ハレイワでの発見を公表してもいいんですか」

「そんなことは気にせんでください」

うなずいた。「照屋さんがどんな売り方をしようと、わたしごときが口をはさむ筋合いやない。VERMILIONで売るのも、ほかのショップに卸すのも、照屋さんの好きにしてくれたらええんです」

「分かりました」

照屋は箕輪を見た。「いくらです」

「何枚、買うてもらえます」

「五枚、いただきます」

「それやったら、一枚二十七万円で、どうですか」

「微妙なところですね」

照屋は薄ら笑いを浮かべた。「高くはない。でも、安くはない」

「ハワイのブローカーからいわれたんです。二千ドル以下では売るな、と」

「いいでしょう。いただきます」

あっさり、照屋はいった。東京の業者は値切ることをしない。

「今月末の振り込みでいいですか」

「けっこうです」

「じゃ、これとこれと――」

照屋は五枚を選んだ。幸先がいい。箕輪はほくそえんだ。


原宿から六本木、西麻布、渋谷、新宿と十数軒のショップをまわって六枚が売れた。夕方、新宿三丁目の安ホテルをとり、回転寿司を食ってから二丁目へ。むかし知った仲通りのゲイバーで十一時ごろまで飲み、ホテルにもどってデリバリーヘルスの女を呼んだ。女は二十八といったが、どう見ても四十前後で、太股にキューピッドのタトゥーがあった。六十分で一万五千円なら、そう嫌な顔もできない。女が帰ったあと、箕輪はシャワーも浴びずに寝た。

翌朝──。スマホの音で目覚めた。ナイトテーブルの時計を見る。九時半だ。

里佳からの電話だった。舌打ちして着信ボタンを押した。

──はい、おれ。

──警察が来た。

いきなり、里佳はいった。

──どういうことや。

──箕輪さんに訊きたいことがあるんやて。

──待て。そこにおるんか、警察。

──ううん。いま帰った。

──どこの署や。中央署か。

刑事がふたり来た、という。

──どこやろ。分からへん。聞いたかもしらんけど。

──刑事はどういうた。なにを訊きたいというたんや。

──そんなん、知らへん。箕輪さんは東京です、いうたら、すぐに帰ったし。

フォルムズが刑事告訴したのだろうか。通告書を二回も受けとっている。

──『フィリップ・ソーン』のファー付きジャケット、二階の倉庫にワンパッキン残ってるな。

──うん、三ダースあると思う。三十六枚。

――処分してくれ。

――処分？　どうやって。

――廃棄や。パッキンごと捨てるんや。

――ゴミ屋さんが次に来るの、月曜日やで。

――月曜まで待ってられへんのや。このあとゴミ屋に電話して、回収に来るようにいえ。

――臨時の回収はお金とられるけど、いいの。

――んなことはかまへん。電話するんやぞ。

里佳は鈍い。いらいらする。

――わたし、怖いわ。

――なにがや。なにが怖いんや。

――刑事やんか。あんなの来たん、初めてやし。

――なにごとも、初めて、はある。

――いつ、帰るの、箕輪さん。

――明後日や。朝の新幹線で帰る。店に出るのは昼前やろ。

――警察はまた来るの。

――来ぇへん。刑事も暇やない。

いつもどおりにしてたらええ。そういって、電話を切った。

朝っぱらからろくでもない電話かけてきよって――。五年前、箕輪は『デューン』のTシャツを偽造販売した容疑で中央署生活安全課に家宅捜索され、その後、大阪地検にも事情を聴取されて、二十万円の罰金刑を受けたことがある。もしもまた家宅捜索されても『フィリップ・ソーン』さえ押収されなければ起訴されることはない。

煙草を吸いつけた。裸のままバスルームに行って湯をためる。排水口に向かって小便した。

5

東京で『ヒタチヤ　ロイヤル』は二十七枚売れた。アメ横の『トルネード』がまとめて十枚買ってくれたのがありがたかった。一店で二百四十万円の売上は大きい。アメ横の他の店で三枚、秋葉原で二枚、元麻布で一枚を売り、浜松町近くのビジネスホテルに泊まった。売れ残った三枚は江戸小紋の地味な柄だったが、近いうちにまた東京へ行って、もう少し値引きすれば売れるだろう。二十七枚の売上トータルは七百三万円。入金はすべて今月末だが、東京の業者とトラブったことは一度もない。

新大阪駅の改札を出て、宇佐美に電話をした。

――おはようさん、箕輪です。

――おはようやない。十一時やで。

――『ヒタチヤ　ロイヤル』、あとの七十枚はいつになる？

――三十枚は手もとにある。月末までには、みんなそろえる。

――そうか。ありがたい。

――ほいで、売ったんかいな、前に納めた三十枚。

――これからや。じっくり売る。

東京で売ってきたとはいわなかった。どうせ宇佐美は分かっている。ヴィンテージアロハが捌けるのは東京、横浜だけだと。

スマホをしまった。いつもなら地下鉄の駅まで歩いて本町へ帰るのだが、タクシーに乗った。それくらいの贅沢はいいだろう。十日後には七百万円が振り込まれるのだから。


店の前でタクシーを停め、トランクからふたつのキャリーケースをおろした。

箕輪さん――。背中で声がした。振り返る。男がふたりいた。

「箕輪浩郎さんですな」

背の高いほうがいった。グレーのスーツに白のワイシャツ、あずき色のレジメンタルタイ、靴はソールが反り返っている。

「出張帰りですか」馴れ馴れしい。

「おたくは」

「中央署生安課ですわ」

男は警察手帳をかざした。「わしは有田《ありた》、こっちは高柳《たかやなぎ》」

もうひとりも手帳を見せた。痩せの有田とちがってがっしりしている。ふたりとも丈の短いぺラペラのステンカラーコートをはおっているのは、格好などかまわない刑事の性癖か。有田はコートのポケットからふたつ折りの紙片を出して広げた。

「捜索差押許可状ですわ。よろしいか」

「なんの捜索です」動揺を隠して、いった。

「おたく、フォルムズの代理人から通告書をもろてますやろ」

「まさか、告訴されたんですか」

「そう。商標法違反容疑ですわ」

有田はうなずいた。「立ち会いしてくれますな。捜索の」

「忙しいんですわ。立ち会いなんかする暇ない」

「拒否はできませんな。あんたはノワの代表者や。ま、できるだけ邪魔にはならんようにします」

有田は横を向いて手をあげた。少し離れたところに駐《と》まっているミニバンから紺色のキャップと紺色作業服の刑事たちが次々に降りてくる。六人もいた。

箕輪は平静をよそおった。『フィリップ・ソーン』のファー付きジャケットは里佳にいって処分した。いくら大人数で捜索されようと恐れることはない。

そう、東京にいたのがよかったのだ。一昨日は『フィリップ・ソーン』が三十六枚も二階の倉庫にあった。箕輪が店にいたら、立ち会いを求められて捜索されたかもしれない。

箕輪はキャリーケースをころがして店に入った。里佳はレジ前に立って不安げな顔をしている。

無理もない。後ろに大勢の刑事がいるのだから。

里佳のそばに行き、耳もとで訊いた。

「『フィリップ・ソーン』、捨てたよな」

里佳は小さくうなずいた。

「ほんまに捨てたんやな」

「ゴミ屋さんに電話したよ、ちゃんと」

「回収に来たんやな」

「来た。トラックで」

里佳は箕輪を見ない。「パッキンひとつ、持っていった」

「そら、どういう意味や。パッキンひとつ、いうのは」

「トラックが行ったあと、もうひとつ見つけてん。パッキン」

「なんやて……」耳を疑った。

「せやかて、棚のいちばん上の奥に隠れてたんやもん。在庫リストにも載ってなかったし……。

箕輪さんが帰ってから、どうするか訊こうと思てん」

あほか、おまえは。どこまで抜けとんのや——。顔がこわばった。言葉が出ない。

「だって、箕輪さん、いうたやんか。二階の倉庫にワンパッキン残ってるって」

「………」膝がふるえる。

「わたし、知らん。箕輪さんがいうたんや。ワンパッキンて」

「どうかしたんですか」

有田が来た。「顔色、わるいですな」

「寝不足ですわ」声がかすれた。

「東京に出張してはったそうですね」

「四国も九州も行きますわ。沖縄もね」

「そのキャリーケース、なにが入ってます」

「空ですわ、これは」

「開けてくれますか」

「開けてどないしますねん」

「令状、見せましたよね。開けてくださいな」

執拗に有田はいう。その脇を抜けて、刑事たちが二階にあがっていった。

乾隆御《けんりゅうぎょ》墨《ぼく》

1

尾崎《おざき》から電話があった。北野恢成館《かいせいかん》のオークションに『乾隆御墨《けんりゅうぎょぼく》』が出ているという。

——見るからに名品です。興味がおありでしたら、会場でお待ちしますが。

興味はある。前々から、古墨《こぼく》のいいものがあったら教えてくれと、尾崎にいっていた。

——いくらですか、値は。

——スタートは百八十万です。

乾隆御墨が百八十万なら安い。そう思った。

——これから出ます。

車で行く、二時には着くだろう、といって電話を切った。

ズボンを穿き替え、ジャケットをはおった。スマホと財布を内ポケットに入れて部屋を出る。

妙子《たえこ》がダイニングのテーブルに昼食を用意していた。

「あら、出かけるの」

「京都や。尾崎に会う」

「尾崎さん……。なにか勧められたんでしょ」

「古墨や。それも、乾隆御墨。めったに見ることはない」

いったが、妙子は素知らぬ顔で、

「サラダくらい食べたらいいのに」

「いまはええ。帰ってから食う」

玄関へ行った。いい匂いがする。伊万里《いまり》の花瓶に挿してあるのは、妙子が咲かせた白の百合だ。皆木《みなき》はサイドボードの抽斗《ひきだし》を開け、キーホルダーをとってガレージへ行った。


京都――。北野天満宮近くのコインパーキングに車を駐《と》めた。上七軒《かみひちけん》の花街《かがい》の外れ、北野恢成館は一階奥が客用駐車場になっているが、区画が小さく、全長が五メートルを超すSクラスのベンツには狭い。

少し歩いて恢成館に入った。エレベーターで三階にあがる。会場の入口に尾崎がいた。小肥りで背が低い。スーツはゼニア、ネクタイはエルメスが多いというが、まるで似合っていないのは体形のせいだ。

「ありがとうございます。お早いですね」

尾崎は一礼した。「車で来られたんですか」

「電車やと、二時間近くはかかるからね」

京都市内は慢性的に込んでいるが、それでも芦屋から上京は車のほうが早い。「乾隆御墨は」

「こちらです」

尾崎につづいて会場内に入った。白い布をかけた十数メートルの長い展示台が五列、縦に並び、左の列から焼き物、置物、茶道具、仏具、刀剣もいくつかある。奥の一段高いステージは、明日のオークションで進行役が立つところだ。

軸物と額物は左右の壁面に掛けられている。水墨画、日本画、油絵、版画、浮世絵、仏画、書と経典の断簡《だんかん》もある。総じていえば焼き物と道具類が七割、絵画と書が三割といったところか。

「なにか、ご興味をひくものはありますか」

「いやいや、眼の毒です。特に、書はね」

書の中に一点、気になる掛軸があった。二尺ほどの横長で、左右にただ二字だけ。仮名のようだが、くずした漢字のようでもある。

「あれ、『良寛《りょうかん》』ですか」

「のようですね」

尾崎とふたり、軸のそばに行った。右の字は読めない。左の字は〝花〟だろうか。添え札に《良寛　散花二字　付共箱　紘々斎《げんげんさい》箱書》とあった。良寛は茶掛けとして好まれるから、共箱に茶の湯の宗匠の箱書きがあるのだろう。鉛筆書きの数字──開始価格は《¥７００００》だった。

「本物ですか」訊いた。

「わたし、書は専門じゃないので……」

尾崎は小さく首を振り、「でも、良寛や白隠《はくいん》は筆が平易なだけに、特に贋物《がんぶつ》が多いと聞きますね」

「紘々斎の箱書きは」

「さぁ、どうでしょう」

宗匠は眼が利かない。だから、しかるべき道具屋が持ってきた品で、それなりの箱書き料を積まれれば気安く書く、と尾崎はいう。「柳井《やない》紘々斎は明治のひとで、千家《せんけ》から独立して一派を興しましたが、晩年は尾羽打ち枯らして不遇のうちに亡くなりました。紘々斎の経済事情を考えれば、この良寛は危ないんじゃないでしょうか」

「なるほどね……」

尾崎にはいっていないが、皆木は良寛を二幅、『白隠』を一幅持っている。それも良寛の一幅と白隠の箱書きは紘々斎だ。三幅は尾崎と知り合う前、出入りの骨董商が持ってきたものを言い値で買った。そう、四十代、五十代のころはまだ目利きが甘かった——。

ステージ近くに行った。乾隆御墨は展示台の端に、赤い錦張りの共箱とともに置かれていた。径四寸ほどの蓮を模した八角形で厚さは二センチほどか。下の部分が五分の一ほど摩り減っているが、古墨に完品は少ない。全体を渓流に見立てたように水鳥が五羽、渦をまいて泳ぎ、そのあいだを岸辺の木々と流水文《りゅうすいもん》で埋めている。流水文の曲線に乱れはなく、水鳥は羽の一枚一枚まで細かく表現されている。枯れた濃い灰色は古刹《こさつ》の燻瓦《いぶしがわら》に似た風格があった。

「これは……」思わず、声が漏れた。

「乾隆御墨にまちがいはないと思います」

尾崎は白い布手袋をはめて墨をとりあげた。裏の正面に色は褪せているが、金箔で《御墨》、その下に《光陰流水》と書かれている。

「刻印もあります」

尾崎は墨の側面を指さした。皆木は顔を近づける。《大清乾隆年製》《景皦閣《けいしかく》珍蔵》とあった。

「景皦閣というのは」

「紫禁城《しきんじょう》の宮殿です。文武二殿のなかにあって、御用絵師の工房がおかれていました」

清朝の最盛期、第六代乾隆帝の時代、絵師の工房に所蔵されていた墨だろう、と尾崎はいった。

「入札、されますか」

「尾崎さんが見て、この墨はどうですか」

「いいものです。申し分ない。これこそが御墨です」

「入札してください」

北野恢成館の業者オークションは二日がかりで開催される。毎月第一木曜日が下見、翌金曜日が入札だ。入札できるのは会員登録をした業者のみ。皆木のような一般のコレクターは登録業者に依頼して競売に参加する。

「値はいくらまでにしましょうか」

「尾崎さんの目算は」

「三百、と考えてます」

この乾隆御墨には複数の入札があるだろう、対抗する相手がおりないときは三百万円を超える可能性もある、と尾崎はいい、「ただし、わたしは墨に詳しくはないので、三百という金額が妥当かどうか分かりません。あくまでも期待値とお考えください」

「しかし、三百万というのは高くないですか」

以前、東京の青山通りの古美術店で眼にした乾隆御墨は三百八十万円だった。形は同じ八角形で時代があり、摩り減りはこの御墨より少なかったが、文様が〝楼閣〟で、縁にところどころ小さい欠けがあった。皆木は店主に交渉した。少し安くならないか、と。店主は三百五十万なら、といい、皆木もいったんはその気になったが、ソファに座り、〝楼閣〟を眺めるうちに、自分はほんとうにこの文様が好きなのかと思いなおした。金が惜しいのではない。好きなものを手にしたときの胸躍る感覚がないのだ。皆木は購入をやめて店を出たが、青山の古美術店で三百五十万の乾隆御墨が業者間の競売で三百万というのは、素直に首肯《しゅこう》できる値ではない。

「じゃ、皆木さんの見積もりをおっしゃってください。合わせます」

「いや、三百までを目処《めど》にしましょ。乾隆御墨を手に入れる機会はまたとない」

そう、半年後に青山の古美術店を訪れたとき、楼閣の乾隆御墨はなかった。店主は、売れたといったが、業者交換会に出して換金したにちがいない——。

「分かりました。じゃ、三百万円までということで札を入れます」

「尾崎さんの手数料は」

「すみません。いつもどおりで」

三百万——。目算どおり落札できても、その額で乾隆御墨を入手することはできない。恢成館に三百三十万、尾崎に十五万円の手数料を支払わないといけないのだ。

恢成館の業者オークションは出品者と落札者に対して落札額の十パーセントが手数料として上乗せされる。双方で二十パーセントは大きいが、これはクリスティーズやサザビーズといった美術品オークション会社の手数料（二十五パーセントが多いと聞く）に比べると安い。その理由はクリスティーズやサザビーズがオークション主催責任者として本物と鑑定したものだけを出品しているためであり、もし落札後に偽物と判明したときは払い戻しに応じる。この安心感は大きい。対するに恢成館主催のような業者オークションは出品された美術品の鑑定をすることはなく、落札はあくまでも業者の判断でするというのがルールであり、偽物をつかまされた業者は〝眼が甘い〟と嗤《わら》われる。

皆木は以前から入札の代行をするだけの尾崎に五パーセントもの手数料を払うのはどうかと思っているが、尾崎が自分の商品——東山七条の三十三間堂の並びに小さい骨董店をかまえている——を買ってくれといってきたことはない。尾崎はいつも業者オークションをとおして皆木に品物を買わせる。業者オークションはあくまでもプロの骨董業者による取引の場であり、百万円で落札した品物だったら、業者は顧客に二百万円、三百万円で売りつける。そういう意味では海千山千の骨董商らしくない人物だと、皆木は認めているのだが。

「承知しました。競売の結果は明日、連絡します」

尾崎はいって、「ほかになにかありましたら」と、会場を見渡す。

「さっきの良寛はダメでしょうね」

「お勧めはしません」

「ちょっとまわってみますか。せっかく京都まで来たんやから」

尾崎とふたり、会場を一周した。硯《すずり》にひとつ、気に入ったものがあった。梅の花と雉《きじ》を彫った六寸ほどの卵形の硯で、添え札には《端渓《たんけい》　清朝後期》とある。石の色と模様に特徴はないが、彫りが精緻だった。値は二十万で、尾崎に訊くと、たぶん落とせるだろうという。三十万までの値をいって、会場をあとにした。


乾隆御墨と端硯《たんけん》は落札できた。二百九十万と二十万円だった。

三日後、尾崎が家に来た。母屋の応接間ではなく、離れの八畳間に通したのは妙子が尾崎を嫌っているからだ。妙子は尾崎だけではなく、皆木の骨董仲間とも顔を合わせようとしない。

「すみませんな。茶も出さずに」

妻が出かけているといった。母屋にいるのだが。

「いえいえ、お気遣いなく」

尾崎はアタッシェケースから風呂敷包みを出して卓においた。「――御墨はやはり、人気でした。あっというまに二百万円を超えて、二百五十万になった時点で、三人が競《せ》るかたちになりました。二百七十万円でふたり。そこで思い切って二百九十万円をつけたら、向こうさんがおりました。よかったです」

端硯の入札はひとりだったと尾崎はいい、包みを広げた。「どうぞ。お改めください」

皆木は端硯の箱を引き寄せた。紐を解き、蓋をとる。会場で見たときよりは海――墨だまり――が浅いような気がしたが、いいものだった。

「これが店に出たら、いくらぐらいですか」

「そうですね、一概にはいえませんが、四十から五十万でしょう」

皆木は黙ってうなずいた。尾崎の答えに満足した。

御墨の箱の蓋をとった。じっと見る。

「よろしいな」

「まさに逸品です」尾崎も御墨に視線を落とす。

皆木は御墨を手にとった。ほんのかすかに赤みのかかった、枯れた墨色。正面の金箔、《御墨》と《光陰流水》。側面の《大清乾隆年製》と《景幟閣珍蔵》。裏面の〝水鳥と流水文〟――すべてが完璧だった。

「いや、お世話さまでした」皆木はいった。「で、支払いは」

「お待ちください」

尾崎は上着の内ポケットから紙片を出した。明細書だ。

皆木は受けとった。

《乾隆御墨――。落札額―二百九十万円。消費税―二十三万二千円。恢成館手数料―二十九万円。

尾崎手数料――十四万五千円。

端硯――。落札額――二十万円。消費税――なし。恢成館手数料――二万円。尾崎手数料――一万円。》

「よろしいでしょうか。総額は三百七十九万七千円になります」

尾崎はいって、「電話で申しあげたように、三百七十九万円をお預かりします」

皆木は茶封筒を卓においた。「三百七十九万円です」

「失礼します」

尾崎は封筒から札を出した。帯封の札はそのままにして、残りの七十九枚を数えた。

「確かに……」一礼し、現金を封筒にもどして、風呂敷といっしょにアタッシェケースにおさめた。

「いつか、この墨を摩ってみたいですな」

「それはぜひ。……揮毫《きごう》をされたらいかがですか」

「揮毫は頼まれて書くものでしょ」

「光陰流水。わたしに書いてください」

「そうですな」

笑ってみせた。その気はまったくない。

「ありがとうございました。それでは、また」尾崎は膝をそろえて頭をさげた。

皆木は離れから車寄せまで尾崎を送って出た。尾崎の車はボルボ・ワゴンだった。

2

八月——。日曜の昼、骨董仲間の新垣《あらかき》と松山《まつやま》が家に来た。離れの茶室で弁当を食べ、濃茶点前《こいちゃでまえ》の真似ごとをしたあと、新垣が持参した『花筏《はないかだ》』の大吟醸を江戸切子のグラスで飲みはじめた。

「いま気ぃついたけど、えらいやかましいな」新垣がいった。

「いやいや、これがあるさかい夏なんや。うちはマンションの八階やし、蟬しぐれなんぞ聞こえんがな」松山がいう。

「毎朝、庭に出たら、蟬の脱け殻だらけや。こないだは青大将が這《ほ》うてた」と、皆木。

「蛇は蟬を食うんか」

「食わんやろ。喉につかえる」

「ほな、なにを食うんや」

「鳥の卵とか蛙が好きらしいな」

「池に蛙がおるんか」

「蛙はおらんな。オタマジャクシが孵《かえ》っても鯉に食われる」

おたがい齢《とし》が近く、気のおけない仲だから話に笑いが絶えない。新垣は某一部上場企業の専務から子会社の社長に天下りし、いまは会長として悠々自適。松山は焼肉店チェーンのオーナーで神戸と阪神間に十数店を構え、経営は娘婿に任せて、これも悠々自適。皆木だけが現役で、週に

三、四日は西宮の会社に顔を出す。
日本酒からスコッチの水割りにうつり、皆木は葉巻を吸いつけた。

「さて、新しいコレクションを見てもらおか」

「乾隆御墨。初めてやな」新垣がいった。

「わしはあちこちで見た。関西では嵐山の洛鷹《らくよう》美術館がいちばんやな」

松山がいう。「『程君房《ていくんぼう》』も三つ、四つあったかな」

松山は書画と硯を多く蒐《あつ》めているから、墨にも詳しい。

皆木は床の間に立って地袋《じぶくろ》の戸を引いた。端硯と御墨の箱を出して卓におく。

「ま、どうぞ」まず、硯から見せた。

「ええ仕事やな。彫りが細かい」

新垣はいったが、松山は黙っている。気に入らないのだ。松山の硯はどれも百万円を超える明代の『太師硯《たいしけん》』や朝鮮王朝前期の『日月硯《にちげつけん》』であり、その松山に二十万円で落札した端硯を見せるべきではなかった。

皆木は端硯を箱にしまい、乾隆御墨の箱を前に出した。

「それでは」

新垣が蓋をとった。「なんと……。古色《こしょく》がある」

「なんかしらん、艶がないな」

言葉に遠慮のない松山がいった。「この箔文字は《光陰流水》かいな」

「光陰は流れる水の如し。光陰矢の如しと同じ意味やろ」

裏を見てくれ、といった。松山は拝むように手をあわせて、箱から墨を出した。

「へーえ、もっと重たいかと思てた」

いって、裏返す。「これはええ。絵柄がよろしい」

「水鳥がかわいらしいやろ。その画《え》に惚れたんや」

「さすが皇帝の墨や」

眼福です、と新垣がいった。褒め言葉が耳に心地いい。

「わしもひとつくらいは乾隆御墨が欲しいんやけどな」

松山は御墨を箱にもどした。「どこで手に入れたんや」

「北野恢成館の業者オークション」

「それはうまいとこに眼をつけた。あこのオークションはちゃんとしたもんが多いやろ。……値は」

「二百九十万。落札はな」

「そら、ちょっと高うないか。業者のオークションやのに」

「スタートは百八十万やったんやけどな」

競りのようすをいった。「三百万まで、と尾崎にいうてたんや」

「尾崎て、尾崎なんとか堂か。東山七条の」

「『尾崎懐宜堂《かいぎどう》』や。よう知ってるな」

「むかし、覗いたことがある。七条通の小さい骨董屋やろ。京都国立博物館の近くやった」陰気くさい七十すぎの爺さんが店番をしていたという。

「それは先代や。死んで十年になる」

「そうか、あれは十年以上も前か」

松山は笑って、「二百九十万で落としても、消費税やら手数料やらで、二割は増えるな」

「しゃあない。そのとおりや」

「けど、まぁ、上手に買いはったわ」新垣がいった。

「目利きの新垣さんにそういわれたら安心や」

皆木も笑って、グラスに氷を足した。


四時すぎ——。タクシーを呼んで、ふたりは帰っていった。皆木は離れにもどり、座椅子にもたれて御墨を眺める。

なんかしらん、艶がないな——。松山の言葉が耳に残っている。

へーえ、もっと重たいかと思てた——。ともいった。

一抹の不安が脳裏をよぎった。皆木が青山通りで見た乾隆御墨は艶があった。松山が見た洛鷹美術館の乾隆御墨も艶があったのだろうか——。

乾隆御墨は菜種油や胡麻油の煤を原料にした油煙墨《ゆえんぼく》で、煤と膠《にかわ》を練りあわせたものを臼に入れ、麝香《じやこう》や龍脳《りゆうのう》などの香料を混ぜながら杵で百万回は撞くと聞く。撞けば撞くほど墨は締まって、ずしりと重くなる。練りあげた墨を堅木の型枠に詰めて外し、灰の中で乾燥させたのち、藁に吊るして干す。これが約一年。干しあがった墨に磨きをかけて、金漆や金箔で装飾を加えたのち、五、六年は寝かせる。これは墨が完成してからも数年は品質が安定しないからだといい、その墨色が冴えるのは製造後二十年をすぎてからだという。つまりはおそろしく手間隙のかかった墨が、清朝乾隆帝文墨趣味の証として世に出たのだ——。

皆木は御墨を手にとった。重い。金属質の重みがある。叩けば、キンと音がしそうだ。

まさか、あの業者オークションで百八十万から二百九十万まで競りあがったもんが危ないということはないやろ——。

月曜日——。皆木は会社に出た。ロビーからエレベーターで七階にあがり、会長室に入った。パソコンを立ち上げてメールを読む。皆木の判断を求めるようなものはなかった。

ノック——。おはようございます、と小久保《こくぼ》が入ってきた。丸盆にコーヒーポットとカップを載せている。小久保は一礼して、デスクに盆をおき、部屋を出ていった。

コーヒーをブラックで飲みながらパソコンで美術年報社を検索し、電話をかけた。

——美術年報社です。

——『皆木恒産』の皆木といいます。『アートワース』の佐保《さほ》さん、お願いします。

——お待ちください。

電話が切り替わった。

——皆木会長、佐保です。ご無沙汰してます。

——すんませんな、佐保さんにお願いごとがあって電話しました。

——なんでしょう。

——佐保さんは洛鷹美術館の館長さんを知ってはると聞いたような憶《おぼ》えがあるんやけど、紹介してもらえんですかね。

——館長は河嶋《かわしま》さんです。紹介というのは……。

——河嶋さんは墨に詳しいですか。

——墨？　書とか水墨の墨ですか。

——実は、ひと月ほど前に乾隆御墨を買《こ》うたんです。

——乾隆御墨……。そういえば去年の三月号で特集しました。中国の文房《ぶんぼう》四宝《しほう》を。文房四宝——。筆墨硯紙《ひつぼくけんし》をいうが、本来は消耗品である筆と紙に骨董価値はなく、『アートワース』に掲載したのは硯と墨だった、と佐保はいった。

——洛鷹美術館にも行って取材しました。なんならお送りしましょか三月号を。

——ありがとうございます。甘えついでに、古墨に詳しいひとを教えてもろえたらありがたいなと……。

——それは会長、鑑定依頼ですか。

——ま、そういうことです。

——参考までに、いくらで買いはったんですか、乾隆御墨。

――二百九十万です。

――なんと、すごい値ですね。

――北野恢成館のオークションで、百八十万からそこまであがったんですわ。ぼくは三百万まで出すつもりやったんです。

――委細承知しました。河嶋さんに訊いてみて、折り返し、会長に電話します。

――お世話さまです。待ってます。

携帯の番号を伝えて、電話を切った。

ヒュミドールの蓋を開けて、モンテクリストを出した。シガーカッターで吸い口を切り、卓上ライターで火をつける。ポットのコーヒーをカップに注いでミルクを落とした。

ほどなくして、着信音が鳴った。

――皆木です。

――佐保です。河嶋さんに聞きました。浅間《あさま》さんという学芸員が詳しいそうです。浅間は今日、美術館にいる、と佐保はいって、

――会長のご都合はいかがですか。

――行きます。二時でどうでしょう。

――了解です。わたしもつきあいますわ。

――いやいや、そこまでしてもらわんでも。

――河嶋さんにはしばらく会《お》うてないんです。別件の原稿依頼もあるし、挨拶がてらに同道さ

せてください。

——そうですか。佐保さんにつきおうてもろたら、ぼくも心強いです。

追従でいった。佐保に会えば定期購読を勧められる。『アートワース』のグラビアと記事の大半は現代作家へのインタビューや新作紹介と、美術関係のニュースであり、皆木にはまったく興味がない。

——ところで、鑑定料はいくら包んだらいいでしょうか。

——不要です。

河嶋も浅間も鑑定書を書くわけではない、と佐保はいい、

——河嶋さんはワイン党です。

——承知しました。

——じゃ、二時に現地で。先方にも伝えておきます。

電話は切れた。皆木は内線のボタンを押した。小久保が出た。

——今日は出るから。

——どちらへ。

——京都。嵐山。

——お車は。

——要らん。

帰社はしない、といった。私用に社有車は使わないと決めている。

芦屋の自宅にもどり、ワインセラーに降りてヴィンテージものを二本選び、乾隆御墨を車のリアシートに載せた。

3

佐保は携帯をおいた。菊池《きくち》がパソコンから眼をはなして大きく伸びをした。

「腹減った。飯、食いに行くか」

「いや、これから嵐山へ行きます」

「嵐山？　作家に会うんか」

「ちがいます。営業やない。洛鷹美術館の河嶋さんに原稿を頼むんですわ」

「なんの原稿や」

「曼陀羅を書いてもらおと思てます」河嶋は仏教美術が専門だ。

「曼陀羅な……。華がないで」

「こないだ、岸美術館でネパールの〝タンカ展〟を見ました。あれはおもしろかった」

「タンカと曼陀羅か。似とるな」

「河嶋さんやったら、それらしいにまとめてくれますやろ」

タンカの掲載料はタダ、曼陀羅も寺社が所有している有名どころは金を要求されるだろうが、そこは交渉だ。河嶋は評論が本業ではないから原稿料は安い。

「それと、皆木恒産の会長に会います」

「皆木恒産……。むかし、広告をもろたな」

「そう、二、三回」

「誰やった、会長は」

「皆木伸一《しんいち》。会社は五年ほど前、長男に継がせました」

佐保が皆木を知ったのは神戸商工会議所の懇親会の席だった。名刺を交換し、少し話をすると、書が趣味だと分かった。皆木恒産のテナントの中には画廊もあるという。『アートワース』の読者は富裕層が多いから広告を出しませんかと誘うと、皆木はあっさり同意した。

皆木恒産はJR西宮駅周辺に七棟のオフィスビルを所有している。戦前は『皆木商船』という大手海運会社で、西宮港近くに多くの倉庫を所有していたが、先々代が海運から不動産業に進出し、六〇年代から七〇年代にかけて西宮駅近くの住宅と土地を買収し、次々にビルを建てていった。現会長の皆木は苦労知らずの三代目で、上品だが事業欲のないぼんぼんだと佐保の眼には映った。

「会長に会うのは、なんでや」

「乾隆御墨を買うたとかいうてました。二百九十万で。河嶋さんに鑑定して欲しいんです」

「たかが墨に、ようそんな金を出したな」

「どうせ会社の経費で落とすんです。痛《いと》うも痒うもない」

「わしは二百八十円の地下鉄代が高いと思てるんやぞ」菊池は煙草をくわえた。

「行きます」

佐保は立って、椅子にかけていた上着をとった。「河嶋さんに二時の約束をしました」

「今日は暑いぞ」

菊池の声を背中に聞いて、編集室を出た。


天神橋筋六丁目駅から阪急京都線で桂駅、嵐山線に乗り換えて終点の嵐山駅に降り立ったときは、ワイシャツがじっとりと湿っていた。右足の中指あたりがむず痒い。毎年、梅雨時になると痒くなり、皮膚科に行って塗り薬をもらうのだが、症状がおさまると塗るのを忘れるから完治することがない。水虫菌は靴に棲んでるんですか——。医者に訊くと、白癬菌は自然界のどこにでもいる、と笑われた。嫌な医者だ。

嵐山駅から渡月橋《とげつきよう》を渡り、天龍寺近くの洛鷹美術館に着いたときは汗みずくになっていた。駐車場に眼をやると、白のベンツが駐まっている。皆木が降りてきた。ワイン用の紙バッグふたつとウェッジウッドの青い紙バッグを両手に提げている。

「どうも、わざわざすんませんな」

皆木は小さく頭をさげた。長身瘦軀、白髪、鼈甲縁《べつこうぶち》の眼鏡、生成《きな》りの麻のスーツに白のシャツ。齢は七十をすぎているはずだが、六十代半ばに見える。日々の暮らしになんの憂いもないからだろう。

「待たれましたか」まだ二時にはなっていない。

「いや、さっき来たばっかりです」

皆木はいって、「暑いですな」と、佐保の腹を見る。

「九十キロです」

ハンカチで首筋を拭《ぬぐ》った。「肥えすぎですわ」

「ダイエットは」

「年がら年中、やってます」

これでも痩せたのだ。梅雨が明けてから三キロ――。

皆木といっしょに館内に入った。受付の女性に用向きをいうと、館長室に案内してくれた。女性がノックをしてドアを開ける。河嶋が立って、こちらに来た。

「初めまして。皆木と申します」

「河嶋です。どうぞ、よろしく」

「ワインがお好きと聞きました。お口にあうかどうか分かりませんが、これを」

皆木はワインのバッグを河嶋に差し出した。河嶋は受けとり、名刺を交換した。

「おかけください」

「失礼します」

皆木と並んでソファに腰をおろした。河嶋も座る。テーブルの上には麦茶のグラスが用意されていた。

そこへノック――。ドアが開き、男が入ってきた。

「浅間です。彼は中国陶磁と工芸を研究しています」

「よろしくお願いします」

浅間は足をそろえ、両手を腰に添えて挨拶した。髪は短いスポーツ刈り、鼻下と頬から顎にかけて無精髭、太い首、白いポロシャツの胸が盛りあがっている。美術館の学芸員というよりはラグビーかサッカーのコーチといった感じだ。

「浅間は京大水泳部でした。フリーとバタフライです」

「道理で……」皆木がいった。

河嶋は浅間に皆木と佐保を紹介し、ソファに座らせた。

「早速ですが、話は佐保さんからお聞きしました」

河嶋は皆木を見て、「乾隆御墨を入手されたそうで」

「先月、手に入れたばかりで……」

皆木はいって、青い紙バッグをテーブルにおき、エアキャップに包んだ乾隆御墨の箱を出した。

「――オークションで複数の入札があったんです。なので、疑いはしてないんですが、万が一という思いもありまして持参しました」

「拝見します」

浅間が箱を開けた。左の掌に白無地のハンカチを広げて墨をのせ、正面、側面、裏面を具《つぶさ》に見る。そうして、墨を上下に小さく振った。

「軽いですね」

「軽いですか」と、皆木。

「乾隆御墨にしては、やや軽い感じがします。全体が枯れた印象で、艶がありません」

「それは、乾きすぎてるからですか」

「乾燥度と艶は関係ないと思います」

浅間は墨の裏面を上にしてテーブルにおいた。「乾隆御墨に光陰流水銘のものは珍しくないですが、疑問を感じるのは、この文様との整合性です。普通、光陰流水文に、こんなふうに五羽もの水鳥を浮かべることはありません。本来の光陰流水文は、深山の渓流か、図案化した流水に花や葉を浮かべたものです」

「ほな、これは光陰流水文やないんですか」

「あえて名付けるなら、水鳥文とでもいうべきでしょうね」

浅間は墨を裏返して正面を上にした。「もうひとつの疑問は、《御墨》と《光陰流水》の字です。これは金の箔押しですが、色が薄い」

「擦《こす》れて掠れてるからとちがうんですか」

「浅間は色のちがいをいうてるんです」

河嶋がいった。テーブルの下から袱紗《ふくさ》包みを出して乾隆御墨の脇におき、おもむろに包みを開いた。形は皆木の墨と同じ蓮を模した八角形だが、摩り減りがない。

「当館所蔵の乾隆御墨です」

ふたつを並べると、そのちがいは一目瞭然だった。右の乾隆御墨は全体に深い艶があり、《御墨》と《天保九如》の字がくっきりとして色褪せが感じられない。左の墨は字が薄く、白っぽい。

「いかがですか」

「ちがいますな」皆木はうなずく。

「この色のちがいは金箔のちがいです」

浅間がつづけた。「乾隆御墨は皇帝の墨だから、箔押しは純金を使います。……皆木さんがお持ちの墨は、おそらく青金を押しているから、箔色が白っぽいんです」

青金の箔は金の含有量が約七十五パーセント、銀と銅が二十五パーセントだといった。

「なるほど」皆木は笑った。「ぼくは贋物《がんぶつ》をつかんだというわけですな」

「贋物というよりはレプリカです。古墨に倣《なら》って作られた『仿古墨《ほうこぼく》』で、天然の油煙を原料にした最上級の墨です。おそらく、昭和初期に日本で製造されたものと考えます」

「こういうのをレプリカというんですかね」

佐保はいった。「水鳥文の古墨に《御墨》と《光陰流水》の銘を入れたんは、そうとう質《たち》のわるい偽物《にせもん》やないんですか」

「佐保さん、騙されたぼくがあほやったんですわ」

皆木はまた笑った。落胆したふうはまったくない。「半端な知識はあきませんな。乾隆御墨は皇帝の墨やとか、ずしりと重いとか、素人の目利き自慢ほど始末にわるいもんはない。ええ勉強になりましたわ」

「佐保さんのおっしゃるとおりです。この墨はいけません」

河嶋がいった。乾隆御墨を袱紗に包みながら、「どこで入手されましたか」

「北野恢成館のオークションです」皆木は答えた。

「あそこは確か、業者対象のオークションですよね」

「代理人に依頼したんです」

「ちなみに、代理人は」

「尾崎懐宜堂の尾崎さんです」

「失礼ですが、落札額は」

「二百九十万円でした」

「そうでしたか……」

あとの言葉はなく、河嶋は袱紗をしまって、麦茶のグラスをとった。

「館長、参考までに教えていただきたいんですが、乾隆御墨の相場はいくらぐらいでしょうか」

佐保は訊いた。

「それはものによりますね。一概にはいえません」

少し間があった。「いま、お見せした乾隆御墨を購入するとなると、五百万円から六百万円でしょう」洛鷹美術館蔵の古墨は乾隆御墨五点のほかに明代の程君房など、二十数点がある、と河嶋はいった。

「ちなみに、皆木さんの墨は複数の入札があって、二百七十万まで競ったそうです」

「それは妙ですね」

「妙ですか」

「プロ古美術商が参加する業者オークションで、倣古墨が競りあがることは稀《まれ》です。……失礼ながら、この墨は付け値が十万円でも入札がないと思います」

「館長は懐宜堂の尾崎を知ってるんですよね。どういう人物ですか」

「わたしがいうのもなんですが、いい噂は聞きませんね」

その言葉で佐保はすべてを理解した。尾崎が描いた図《え》を。

——おそらく今年の春だろう、尾崎は水鳥文の倣古墨を入手した。側面に《大清乾隆年製》と《景織閣珍蔵》の刻印があるのを見て、思い浮かべたのが、書のコレクターである皆木だった。倣古墨にはなんらかの銘があっただろうが、擦りとって《御墨》と《光陰流水》の金箔文字を入れた。そうして乾隆御墨に化けた倣古墨に百八十万円の値をつけて北野恢成館のオークションに持ち込み、皆木に電話して、乾隆御墨が出ていると教えた。もくろみどおり、皆木は下見会に来て、三百万円までという値を尾崎に伝えた。そう、倣古墨に入札して値を吊りあげたのは、尾崎と結託した業者仲間だったのだ——。

「ほかにも展示室に乾隆御墨があります。ごらんになってください」浅間が皆木にいった。

「いや、先生方の話をお聞きして得心がいきました。素人の慢心を恥じるばかりです」

皆木は丁寧に礼をいい、倣古墨を紙バッグに入れて立ちあがった。

「お送りしますわ」

佐保も立って、館長室を出た。皆木は玄関ロビーへ歩く。

「見んのですか。乾隆御墨」

「よろしいわ。なんかもう、熱が醒めました」

皆木はさほど悔しそうな顔でもない。

「騙されたみたいですね、尾崎に」

「騙された？　どういうことですか」皆木は立ちどまった。

「尾崎が皆木さんのお宅に乾隆御墨と称する墨を持ってきたら、買いますか」

「どうですかね。はいはい、もらいましょ、とはいいませんわな」

「そこが尾崎の狙いやと思います。同じ偽物《にせもん》でも、オークションで落札という仕掛けをしたから、会長は墨を買われたんです」

尾崎の図を、佐保は話した。

皆木は小さく笑った。なにか思いあたることがあるのかもしれない。

「そういえば、今回の墨だけやない。硯や書画も尾崎の勧めで買いましたわ。恢成館のオークションでね」

「何点ほどですか」

「硯が十個、軸物の書が十五、六本ですかね」

「どんな硯です」

「宋代以降の端硯がほとんどです」

「落札の総額は」

「さあ……。一千万は超えてますかな」

大きな蟬を象《かたど》った『端渓水巌《すいがん》』がもっとも高くて、百八十万円だったという。

「墨は」

「唐墨が十本ほどありますな。そこらの骨董屋で買うた安物ですわ。いつかは乾隆御墨を手に入れたいと、尾崎には伝えてました」

「書画はどういったもんですか」

「経典の断簡が多いですな。一休《いっきゅう》と沢庵《たくあん》の墨跡、仙厓《せんがい》の俳画が名品といえば名品です」

「その三つは恢成館で？」

「そうです。みんなで五百万を超えてたんとちがうかな」

尾崎に任せっきりだったのだろう、皆木は正確な値を憶えていない。お大尽の買い方はそういうものだ。

「これから、会長はお帰りですか」

「帰ります。家に」

「コレクションは芦屋のご自宅にあるんですよね」

「会社にも、ちょっとはおいてるけど」軸物をいくつか会長室に掛けているという。

「それやったら、五分だけ待ってくれんですか。河嶋さんと話をして、そのあと、芦屋のご自宅まで同乗させていただきたいんです」

「それはかまわんけど、なんですねん」

「会長が尾崎の勧めで買われたものを見せてください。わたしに考えがあります」

佐保はいい、館長室にもどった。

4

水曜日――。佐保は皆木から預かった『一休』と『沢庵』、『仙厓』を持って西天満の『想居《そうきょ》洞《どう》』へ行った。店主の畠中《はたなか》は展示室の一角にしつらえた畳敷きの部屋に佐保を招き入れた。

「いや、この暑い中をよう来てくれました」

「こちらこそ、お時間をとっていただいてありがとうございます」

「ま、どうぞ。汗を拭いて」

座布団を勧められた。膝をそろえて座る。卓の上にはおしぼりがあった。

「あんたにその格好は無理や。膝をくずして」

「すみません。失礼します」胡座《あぐら》になった。

「飲み物はなにがよろしい」

「それでは、アイスコーヒーを」

畠中は振り向いて、アイスコーヒーふたつ、と展示室のスタッフにいった。

佐保はおしぼりをとった。よく冷えている。手を拭きながら、

「今日は、早百合《さゆり》さんは」想居洞にはいつも畠中の娘がいるのだが。

「先週から孫を連れてニューヨークに行ってますんや」

大学生の孫はＩＴ関連会社に就職が内定したという。

「お孫さんは確か、女の子でしたね」

「ちゃっかりしてますわ。学生のうちに、あちこち行っときたいて」

「ええやないですか。親子でニューヨーク旅行やて」

「旅費はみんな、わし持ちですがな」

畠中は笑い声をあげた。好々爺《こうこうや》だ。想居洞の畠中耕一郎《こういちろう》――近畿美術倶楽部の前理事長で、いまも鑑定委員会顧問を務め、書画の鑑定にかけては大御所とされている。

「で、見てもらいたいというのは」

「これです」

傍らの風呂敷包みをとり、三つの木箱の紐をほどいて掛軸を出した。

畠中は三本の掛軸を広げて卓に並べた。一瞥《いちべつ》するまもなく、

「あきませんな。どれもあきません」かぶりを振った。

「贋作ですか」

「贋物です。……けど、仕事はよろしい。表具の裂《きれ》もそれなりやし、なかなかの上手《じょうず》です」

「時代はありそうに見えますが……」

「いやいや、紙も墨色も古そうに見えるけど、それは陽にあてたり、汚しをかけたり、虫に食わしたり、いろんな方法《すべ》がありますんや」

畠中は掛軸から視線をあげた。「この三つを書いた作者はひとりですわ。……バブルのころの一時期、このひとの一休や沢庵がぎょうさん出まわって、本物の値段まで下がったという笑えん話がありましたんや」

「贋作の名手というわけですか」

「ま、名人ですな。褒められたことやないけどね」

伊丹宜眞《いたみぎしん》――。畠中は贋作者の名をいった。

「雅号ですか、それは」

「本名です」亀岡の寺の住職で、表具師もしていたという。

「いまも書いてるんですか、贋作を」

「どうやろね。伊丹の贋物は長いこと見てませんな」

「伊丹は存命ですか」

「さぁ、死んだという噂は聞いてません」

伊丹が生きていれば八十を超えているだろう、と畠中はいった。

「伊丹が得意にしてたんは、一休と沢庵と仙厓のほかにありますか」

「『楚涓《そえん》』も見ましたな。禅僧の書ばっかりやけど、なんせ、器用なひとですわ」

禅僧の書は贋作が多い、と畠中はいった。――そもそも能書家である禅僧は、頼まれれば、生活や金のためにどんどん達筆をふるった。名のとおった禅僧の作ともなれば、後代の若い僧侶の手本となったから、それらを臨書した作品が次々に書かれ、なかでも出来のよいものが真作に紛れて伝来した――と。

「伊丹は一休、沢庵、仙厓、楚涓の贋作を書いた……。いちばん高いのはどれですか」

「そら、楚涓ですわ。応仁の乱以前の、一休より一世代上の禅僧やし、なんというても字に品格がある」

「楚涓の真作が市場に出たら、いくらぐらいですか」

「詩の意味と大きさ、字数によりますわな。……むかし、うちで売った七言律詩は三百万やったかね」禅僧の書に限れば、楚涓の値は突出している、と畠中はいった。

「さっき、お聞きした伊丹宜眞……。亀岡のなんという寺ですか」

「浄劫寺《じょうこうじ》。いっぺん表具を頼みに行きましたな」伊丹は寺の離れを工房にしていたという。

「どんなひとでした」

「なんせ、まぁ、呆れるほどよう喋る。ひとの話は聞かんとね。相当の変わり者《もん》でしたな」

伊丹は贋作を隠そうとはしなかった。画商に頼まれれば字を書くといい、その作品に時代づけをして売るのは画商の勝手だと、他人事《ひとごと》のようにいった――。

「本人は臨書をしてるという感覚ですわ。その臨書が手本より巧いと自惚《うぬぼ》れてるから始末にわるい。しかし、あの腕だけはほんまもんやったね」

畠中は掛軸を巻いて箱におさめる。そこへ、スタッフがアイスコーヒーを持ってきた。

亀岡の浄劫寺――。佐保は独りうなずいて、コーヒーにミルクを落とした。

週末は朝から小雨模様だった。新御堂筋から箕面《みのお》グリーンロード、止々呂美《とどろみ》から摂丹《せったん》街道を北上して亀岡市内に入ったときは、本降りになっていた。ナビの誘導は西矢田町の交差点を北へ行ったところで終了した。少し先に白い土塀が見える。門前まで行くと、門柱に《浄劫寺》とあった。

佐保は塀沿いに車を寄せた。降りて、傘をさす。風呂敷包みを持って境内に入った。想像していたとおりの古びた寺だった。前庭は狭く、庭木は伸び放題で手入れの跡がない。本堂の屋根は棟が歪《ゆが》み、軒が波打っていた。雨漏りはしないのだろうか。

蘇鉄《そてつ》の築山《つきやま》の裏手が庫裏《くり》だった。この建物も古い。インターホンが見あたらないから引き戸を開けて声をかけると、返事もなく、廊下の奥から男が現れた。白髪、黒縁眼鏡、痩せて背が低いからか、作務衣《さむえ》の上着の裾が膝の上あたりまで垂れている。

「初めまして。美術年報社の佐保と申します」

名刺を差し出した。昨日、伊丹に電話をして来訪の了解を得ている。

「伊丹です」

名刺はない、といい、「離れに行ってくれるかな」と右のほうを指さした。

庫裏の裏にまわると、平石を敷いた渡り廊下の向こうに平屋があった。庫裏から伊丹が出てきて、いっしょに中に入った。土間の左に竈《かまど》と流し、一段高い敷居の向こうは畳敷きなら二十畳ほどの板間だった。板は染みだらけで、そこここに傷がある。

「あがって」

「ありがとうございます」

傘をたたみ、靴を脱いで板間にあがった。押入も納戸もなく、家具らしいものは一棹《ひとさお》の和簞笥だけだ。寺の離れが工房だった――と、畠中はいっていたが。

「以前はここで表具をされていたと聞きましたが、いまはどちらで」

「そんなもん、とっくにやめた」

小柄な伊丹の声は甲高い。「軸物の裂は金襴《きんらん》やら印金《いんきん》やら緞子《どんす》やら、渡来物の名物裂まで、ぎょうさん集めてた。軸先も水晶から象牙《ぞうげ》、紫檀《したん》、黒檀《こくたん》といっぱいあったけど、きれいさっぱり売ってしもた。同業者にね。二束三文やで。注文がないさかい、持ってても使《つこ》うとこがないもんね。あれはしかし、いま思ても、もったいないことした」

なるほど、よく喋る。埒《らち》もないことを。

「表具はやめた。檀家も減った。どうやってこの寺を維持していくんや。そらあんた、しんどいで。戒名や、お布施やら、雀の涙やのに、このごろは法事もせん檀家が増えた。そやのに坊主丸儲けとかいわれたら、腹が立つやろ。な、あんた、そうは思わんか」

喋りがとまらない。多弁症か。

「伊丹さん、奥さんは」

「わし、結婚なんかしたことないで」

それはそうだろう。これだけひっきりなしに喋られたら、耳がおかしくなる。

「法事のとき、法話とかせんのですか」

「せんな。金にならん。死んだ親父は講釈たれやったけどな」

「ひとりで寺を守ってはるんですね」

「ほかに行くとこがないさかいな。妹がふたりおるんやけど、顔も出しよらん。だいたいがやな、親父の葬式のときも……」

「伊丹さん」話を遮った。「いまもお書きになってるんですか」

「なんやて……」

「書です」筆を使うしぐさをした。

「書いてるで、毎日。腕が鈍るさかいな。紙代が高《たこ》うついてしゃあない」

「どんな書が多いですか」

「漢字が多いな。仮名はだらだらしてるから好きやない」

「臨書もされるんですか」

次々に質問しないと、また余計な喋りがはじまる。

「あんたな、書というもんは臨書が基本や。野球選手のキャッチボール、ボクサーのランニング、基礎練習を欠いたらプロやない」

「いい話ですね」

「わるい話はようせんのや」

伊丹は腕を組んだ。「わしは子供のときから落ち着きがなかった。じっとしてるのが苦手なんや。これではあかんと親父が思たんか、筆を持たされて、字を書けといわれた。臨書や。初めは仮名。小学校の三、四年から、読めもせん漢字を書いてたがな」

「キャリア、七十年ですね」

「七十五年や」

「電話でお伝えしましたが、見ていただきたいものがあります」

「ああ、そんな話してたな」伊丹は風呂敷包みに眼をやった。

佐保は包みを解いて三本の木箱を出した。中の掛軸を傍らに広げる。

「おう、わしの作やないか。みんな、そうやで」

あっさり、伊丹はいった。「沢庵がちぃとえずくろしいけど、勢いはある。一休と仙厓は上出来や」

「この三作はいつごろ、書かれました」

「最近やな。この五年やろ」

「画商の依頼で？」

「ああ、そうやな」

「誰です」

「そんなこと、いわれへん」

「尾崎懐宜堂の尾崎さんですか」

「ノーコメント」伊丹はかぶりを振る。

「この三作は墨色がちがいます。ものによって墨を変えてはるんですか」

一休の墨色は松煙墨《しょうえんぼく》を使ったか、青っぽい。沢庵と仙厓の墨色は油煙墨を使ったのだろう、茶色がかっている。

「一休の作は青墨が多い。沢庵と仙厓は茶墨にした」

「古墨のコレクション、してはるんですか」

「むかしはぎょうさん持ってたけどな、気に入った墨ばっかり摩るから、チビてなくなるんや。そらあんた、ほんまにええ墨は摩り味からしてちがうわな」

「頼みがあります」

佐保は膝をそろえた。「実は、この三つの軸はさる資産家が尾崎から買ったものです。資産家はこれらを鑑定に出して贋作と知った。そこで、わたしに相談したんです。尾崎を懲らしめたいと」

「あの尾崎をか……。なんやしらん、おもしろそうな話やな」

「近々、尾崎から伊丹さんに依頼がきます。楚涓を書いてくれ、と」

「楚涓……。なんで尾崎がくるんや」

「そう仕掛けたからです。……とにかく、尾崎がきたら、楚涓を書いてやってください」

「けど、あんた、わしが楚涓を書いたら、尾崎はまた贋物に仕立てよるで」

「それがわたしの狙いです」

「あんたはわしに、騙しの片棒を担げというんかいな」

「ま、そういうことです」

「字はなんや」

「漢詩は分からんけど、七文字でお願いします」

「七文字な……。楚涓の墨跡を調べないかんで」

伊丹は交渉をはじめた。金が欲しいのだ。

「尾崎には、百万円というてください。楚涓の臨書料を」

「あんたな、冗談もほどほどにしぃや。わしは尾崎から十万以上の金をもろたことないんやで」

「出します。尾崎はまちがいなく出します。そこが駆け引きです。尾崎がぐずぐずいうようなら、断ってください」

「断ったら金にならんがな」

「大丈夫です。尾崎は要求をのみます」

強くいった。伊丹はずり落ちた眼鏡を指でもどした。

「ただし、百万円は折半です。伊丹さんが五十万円、あとの五十万円は尾崎に騙された資産家の取り分としてください」

「そうか、そういう仕掛けか。尾崎から慰謝料をとるんやな」

「そこで、お見せしたいものがあります」

赤い錦の箱を出した。伊丹に手渡す。伊丹は箱を開けた。

「乾隆御墨やないか……」墨を凝視する。「仿古墨か」

「本物です。資産家から預かりました」

「わしにくれるんか、この墨を」

「伊丹さんから五十万円を受けとったら進呈します」

「乾隆御墨……。こんなもん摩ったら手が腫れるで」

伊丹は食いついた。これで折半の五十万円をネコババすることはないだろう。

この爺は小狡《こずる》い。油断がならない——。そう思った。やたら喋るのは相手を煙にまく方便であり、ここというところはちゃんと話を聞いていた。計算ずくなのだ。この男の変人ぶりは。

贋作者の正体を見た、と佐保は思った。

5

朝の小雨が昼すぎには本降りになった。なのに七条通を、傘をさした多くのひとが歩いている。老夫婦が立ちどまって店を覗いたが、尾崎と眼があうと、そのまま通りすぎていった。

そうか、〝京都国宝展〟か——。尾崎は人通りの多い理由に気づいた。今日が国立博物館で開催される展覧会の初日だったのだ。博物館の職員が来てポスターと招待券をおいていったことも忘れていた。博物館の入場者数が増えたところで、尾崎の店の売上があがるわけではない。現に、朝からの来客はひとりで、売れたのは染付の蕎麦猪口《ちょこ》ひとつだ。がさつな大阪弁でまくしたてる、下品なドロボー髭の爺さんだった。

携帯が鳴った——。皆木だ。

——はい、尾崎です。会長、先日はありがとうございました。

——いやいや、尾崎さんのおかげでええもんを手に入れました。

——次は明代の墨ですね。程君房を見つけましょ。

——程君房、よろしいな。……けど、尾崎さんに電話したんは、書が欲しいんですわ。こないだ、恢成館に良寛があったでしょ。

——あの良寛は落札されました。七十万で。

——ぼくが欲しいのは良寛やない。楚涓です。

七言律詩か七言絶句がいい、と皆木はいった。

——会長、楚涓はめったに出ませんよ。臨済禅《りんざいぜん》では最高位の僧やし、作品数も少ない。名品やったら四百万はします。

——四百万でも五百万でも、尾崎さん、ぼくは楚涓が欲しいんや。

——さすがに、会長はお眼が高いです。

——ただし、ぼくはオークションで買いたい。気長に待ちますわ。

——承知しました。見つけ次第、連絡します。

口もとがほころぶ。尾崎は笑いをこらえて礼をいった。

伊丹に電話をした。

——はい。

無愛想な声だ。仏頂面が見える。

——伊丹さん、尾崎です。頼みがあります。

——なんや、またかいな。今度はなにを書くんや。

——楚涓です。七言絶句か七言律詩。字は任せます。

——あかん、あかん。楚涓はあかん。むずかしすぎる。このわしが五十枚書いても、四十九枚は反故《ほご》になる。

——そんなにめんどいんですか、楚涓は。

——めんどい。生半可な姿勢では倣《なら》えん。書としては別格なんや。

——稀代の書家である伊丹さんともあろうひとがそこまでいう。……分かりました。十五万でどうですか。

——たった十五万では書けんな。

——しゃあない。二十万です。

——しつこいな。楚涓は書かん。

——あんた、足もとを見てませんか。

——そう思うんやったら、ほかに頼め。切るぞ。

——待った。なんぼやったら書いてくれるんですか。

——百万や。

——そら、あんまりや、伊丹さん。

——どこがあんまりや。一日五枚、十日で五十枚。それだけ書いても、ものになるのは一枚なんやで。

金だけではない。松煙墨の古墨と最上級の料紙を五十枚持ってこい、と伊丹はいった。

——分かった。ちょっと考えさせてください。折り返します。

電話を切った。ネクタイを緩めて考える。

伊丹に百万、古墨が五万、料紙が十五万、表装用の古裂が三十万、軸先が十万、表装と時代づけをさせる表具師に三十万……、あわせて百九十万にもなる。

が、しかし、皆木はいった。四百万でも五百万でも楚涓が欲しい、と。

楚涓を恢成館のオークションに出品し、五百万で落札すると決めた。そう、三百万の粗利はわるくない。

尾崎は伊丹に電話をし、八月中に楚涓をもらいたいといった。

6

十月——。ソファにもたれて葉巻をくゆらしているところへ内線電話が鳴った。

——美術年報社の佐保さんがお見えです。

——通してくれ。……ついでに、ホットコーヒーをふたつ。

受話器をおいた。

ノック――。佐保が来た。ソファに座らせた。

「いい香りですね。ハバナですか」

「なんやろな」

葉巻を口から離してリングを見た。「ビュテラや」

銘柄にこだわりはない。カリブ産の葉巻はどれも似たような味だ。

「どうですか、佐保さんも」ヒュミドールを開けた。

「いただきます」

佐保もビュテラをとった。シガーカッターを渡すと、慣れたしぐさで吸い口を切り、卓上ライターで火をつけた。

「旨いですね、シガーは」

「そうやな」けむりを吐いた。

「いつから吸うてはるんですか」

「四十すぎかな。紙巻きをやめて、葉巻にした」

「わたしも紙巻きをやめたいんやけど、シガーを吸う資力がないんです」

どうでもいいことを佐保はいう。雑誌編集者なら人並みの収入があるだろうに。美術年報社は確か、大阪日報という夕刊紙の子会社だ。

「で、今日は、なにかいな」佐保の顔を見た。

「報告に参上しました」

佐保は上着の内ポケットから封筒を出して卓上においた。

「乾隆御墨と一休、沢庵、仙厓をいただいたお礼です」

「そんな気遣いは不要ですわ。みんな捨ててもよかった」

封筒は薄い。中身はせいぜい十万円だろう。佐保は封筒から眼を離して、

「尾崎から連絡ありましたか」

「あったね。先週、恢成館の下見会の朝」

「どういうてました」

「楚涓が出ましたと、えらい大げさやった」

「それで」

「断りましたがな。楚涓は要らん。気が変わった、と」

「尾崎は、うんというたんですか」

「いうわけない。芦屋の家まで車でお迎えにあがりますと、泣くようにいうてた」

「それはそれは、会長のお役に立てました」

「ま、気は晴れましたな。佐保さんのおかげですわ」

「うれしいです。そういっていただけると」

そこへ、失礼します――と、ドアが開いた。小久保がコーヒーを盆に載せている。

「佐保さん、収めて」

封筒をとって佐保に渡した。佐保は黙ってポケットに入れた。

皆木は葉巻をくゆらしながら、
この男は尾崎を嵌めて、少しは稼いだのだろうか——と思った。

栖芳《せいほう》写し

1

週明けの昼前、出社するなり、菊池《きくち》に呼ばれた。菊池はスチール椅子にもたれ、はだけたワイシャツの胸元を扇子であおぎながら、

「天神橋筋商店街の『わがまま』、知ってるよな」

「ああ、知ってます」

将棋好きの菊池に連れられてなんどか行った憶えがある。客にプロ棋士が多いスナックだ。

「わがままがどうかしたんですか」

「さっき、マスターから電話があった。土曜日、神谷《かみや》いう馴染みの客が飲みに来て、話の拍子に、先祖伝来の古い屏風が家にある、誰か値打ちの判る人間を知らんか、といわれたそうや」

「その客がマスターに頼んだんですか。たまった飲み代の払いに屏風を売りたいと」

「そんなんやない。神谷いうのは七十すぎの爺さんで、子供に屏風を譲る前に、ちゃんとした値打ちを知りたいみたいなんや」

よくある話だ。先祖伝来の家宝にどれほどの値がつくのか――。興味はあるだろうが、ほんと

うの家宝は百にひとつだ。江戸、明治のころからの名家や大商家でない限り、名品を所有していたためしはない。

「爺さんは屏風の作者を知ってるんですか」

「北川栖芳《きたがわせいほう》とかいうてたな」

「栖芳……。冗談ですか」

「いや、冗談やない。栖芳や」

北川栖芳――。狩野永徳《かのうえいとく》の弟子で山楽《さんらく》、海北友松《かいほうゆうしょう》と並び称される狩野派の絵師だ。若いころから画才を認められ、山楽とともに京狩野の系譜を担うと目されたが、三十代で早世したはずだ。

「栖芳て、残ってる作品は十点もないでしょ」

「さっき調べた。七点や。大徳寺方丈障壁画の牡丹図襖と紅梅図襖、妙心寺の虎図、大覚寺の楼閣山水図、文化庁の犬追物《いぬおうもの》図屏風……。フリーア美術館とボストン美術館に花鳥図屏風と雲龍図屏風がある」牡丹図、紅梅図、虎図、楼閣山水図の四点は国の重要文化財に指定されていると、メモを見ながら菊池はいった。

「ほな、その爺さんの栖芳が本物やったら、重文やないですか」

笑ってしまった。桃山から江戸初期の、それも重要文化財級の屏風が寺社でも名家でもない神谷というスナックの客の家に伝来した……。あり得ない。

「要するに、爺さんは鑑定をして欲しいんですね。正規の鑑定料を払わずに」

「ま、そういうこっちゃ」

「断ったらええやないですか」

「わがままのマスターに、うんというてしもたんや」

菊池はさもうっとうしそうに、「マスターの顔もある。つまらん頼みごとやけど、啓《けい》ちゃん、行ってくれへんか」

なんで、つまらん頼みごとはおれなんや。このくそ暑いのに、あんたが行ったらええやないか――。佐保《さほ》は思ったが、顔には出さない。

「それで、おれが屏風を見て、どうするというんです」

「鑑定してもええようなもんやったら、啓ちゃんの判断で屏風の写真を撮ってくれ。携帯でな。小遣いになるやろ」

「小遣いね……。その爺さんは屏風を売りたいとはいうてへんのでしょ」

「老い先短い年寄りや。子供にやるよりは売っ払うほうがええ。売れるもんならな」

そのときは手数料の半分をおれに寄越せ、と菊池は顔でいっている。いつもそうだ。この男は根が詐欺師だから。

「分かった。分かりました。行きますわ。どこです、神谷の家」佐保は訊いた。

「帝塚山や。南海高野線の帝塚山駅。帝塚山古墳のすぐ北側らしい」

菊池は駅名をいう。電車を乗り継いで行けといいたいのだ。ばかばかしい。

「神谷には電話しといた。うちの編集長が行きます、とな」

「すんませんね。なにからなにまで手まわしのええことで」

「そう怒るな。これが神谷の番号や」

菊池は携帯の番号を書いたメモを放って寄越した。


天神橋筋八丁目から帝塚山までタクシーに乗った。帝塚山は戦前に宅地開発された大阪でも有数の高級住宅地で、古い瀟洒な一戸建が立ち並んでいる。古墳の北側の道をゆっくり走らせると、神谷の家はすぐに見つかった。

佐保は表札を確かめてタクシーを降りた。ところどころモルタルの剝げ落ちた瓦塀に小さい冠《かぶ》木門《きもん》、格子の門扉越しに前庭と黒い板壁の母屋が見える。敷地は七、八十坪か。周囲の家に比べると、建坪が小さく、造りも安っぽい。庭の立ち木も枝が伸び放題で、庭師が入っていないようだ。こんなしょぼい家に瓦塀と冠木門はないやろ――思いつつ、インターホンのボタンを押した。

――はい、どちらさん。

――美術年報社の佐保といいます。菊池に聞きまして……。

――ああ、どうも、どうも。ご苦労さんです。

インターホンは切れ、母屋の玄関の戸が開いて、男が出てきた。禿げた頭に白い鬚、首まわりの延びたグレーのTシャツに膝丈のショートパンツを穿いている。痩せぎすで背の低い貧相な爺だ。

「いやぁ、遠いとこをすんませんね。わがままの大将が菊池さんを紹介してくれましたんや」

神谷は門扉を開けた。佐保は中に入って『アートワース』の名刺を差し出した。

「美術年報社、アートワース編集長、佐保啓一《けいいち》さん……。インテリさんですな」

名刺を手にして、神谷はいう。

「編集長は肩書だけですわ。編集から広告まで、なんでもやってます」

「むさ苦しい家やけど、あがってください」

神谷に案内されて家に入った。玄関は狭い。廊下にあがり、奥の座敷にとおされた。座卓の前に座布団が置いてある。勧められて、佐保は腰をおろした。

「今日はよめはんが出てますねん。フラの稽古で」

神谷は腕をひらひらさせて、「ビール、飲みますか」

「はい、いただきます」

「わしも飲みたいんですわ」

神谷は座敷を出て、すぐにもどってきた。トレイに瓶ビールとグラスをふたつ載せている。つまみはない。

「ま、どうぞ」

グラスを受けとった。神谷が注ぐ。佐保も瓶をとって神谷に注ぎ、グラスをかざして飲んだ。

「昼間のビールはよろしいな。よめはんがおったら睨まれるんやけど」

屈託なく、神谷は笑う。ひとはわるくなさそうだ。

「失礼ですが、お仕事は」

「無職です」

そんなことは分かっている。平日にショートパンツでビールを飲んでいるのだから。

「リタイアする前は」

「船場の繊維商社で営業してました。斜陽産業はあきませんな。定年まで給料があがらんかった」

「出版社もいっしょです。部数は減るし、広告が入らんから」

佐保は床の間の掛軸に眼をやった。山水に讃が添えられた水墨画だ。落款《らっかん》は《文晁《ぶんちょう》》とあるが、文晁にはまず本物がない。

「けっこうな軸ですね」追従でいった。

「谷《たに》文晁ですわ」得意気にいう。

「讃は誰です」

「サン？　なんやろね……」

讃の意味も知らないようだ。

「栖芳の屛風、見せてもらえますか」

「ああ、用意してます」

神谷は立って佐保の後ろにまわり、襖を開けた。つづきの八畳間に金箔の屛風を広げている。かなり大きい。六曲一双、高さ六尺、幅十二尺ほどか。左隻《せき》に虎が二頭、右隻に龍。虎は竹林を背景とし、龍は雲間から頭と爪をのぞかせている。構図はシンプルで、虎は静謐、龍は雄渾。さほど褪色はなく、近世の技巧的な絵ではないが、桃山期の絢爛豪華な作風を感じさせる。まさか、栖芳の真筆か――。

「龍虎図屏風ですね」

佐保は立って屏風のそばに行った。右下に落款と印章がある。落款は《栖芳寫》《治信《はるのぶ》畫》、印章は《治信》と読めた。

「神谷さん、これ、写しですわ。北川栖芳の作やないです」

「ええっ、栖芳やないんですか」神谷は驚く。

「これが栖芳作であれば〝寫〟という字は入れません。その意味では、贋作ではない。治信という絵師がどこかの寺か大名家にあった栖芳の屏風を写して、それをまた屏風に仕立てたんやと思います。……治信は、たぶん狩野治信で、けっこう名のある絵師です」

治信の生没年は分からないが、屏風の褪色がすすんでいないのは、江戸中期か後期の写しだからではないか、といった。

「そうか。栖芳やないんか……」さも気落ちしたように神谷はいった。

「申しわけないです。期待を裏切ったみたいで」

座敷にもどった。座布団を引き寄せて座る。「いつごろからあるんですか、あの屏風」

「さぁね……。うちの爺さんが子供のころから家にあったとは聞いてます」

「ほな、幕末から明治の初めに手に入れられた？」

「どうですやろ。そのあたりのことは分かりませんわ」

二、三年に一度、住吉大社の祭りのころ、虫干しを兼ねて屏風を広げていたという。
「神谷家は古いお家柄ですか」

「古いといや、古いですわ。維新のころは道修町《どしょうまち》で『神泉堂《しんせんどう》』いう薬種問屋をやってました」

大正期は大店《おおだな》で多くの使用人がいた、と神谷はいい、「大阪の空襲でなにもかもやられてしもたけど、その屏風だけは丹波に疎開させてたんです」

「戦災をかいくぐってきた屏風なんですね」それなりの由緒はあるようだ。

「けど、あきませんわ。写しなんぞ、なんの値打ちもない」

「どこか売ってもええといわれるんやったら、紹介しますけどね」

「売れますか」

「売れるでしょ。絵はよう描けてるし、傷みも少ない。写しというても、栖芳ですから」

「正確には、なんという絵なんですか」

「龍虎図屏風でしょ」

「豹もいてるのに」

「豹……」

「左側の寝てるやつです」

神谷は指さした。「その斑点模様はどう見ても虎やない」

「あれはね、ちがうんです。本物の虎を見たことのない昔の絵師は、豹を雌の虎やと思てたんです」

「ほな、あれは夫婦の虎ですかいな」

「そう、雌雄の虎です」

神谷の言葉に無理はない。障壁画の虎図を見たひとのほとんどは、豹柄の雌虎を豹というのだ。

「どうでしょ。神谷さんに屏風を手放す意思があるんやったら、買い手をあたってみますけど」

「鑑定しはるんですか」

「そのつもりです」

「鑑定料は」

「要ります」

「なんぼぐらいですか」

「十万円は必要でしょうね」

鑑定などしない。鑑定料は佐保の小遣いにする。

神谷は天井を向いて考えている。鑑定料が惜しいのだ。

「どうします。わたしの知り合いの鑑定家やったら、安くでやってくれると思いますけど」

「屏風はどれくらいで売れるんですか」

「二十万……。いや、三十万ですかね」

「そら、安すぎるのとちがいますか」

「神谷さん、骨董屋で百万の値がついてる屏風の仕入れ値は十万、二十万です」

床掛けの軸はまだしも、いまどき、屏風を飾れるような家はない、といった。「屏風はまるで人気がないんです。切って額装するにも、六つに切ってしもたら、絵そのものがばらばらになるし、落款、印章が入ってるのはいちばん右の一枚だけになる。屏風は屏風のままで売るしかないということです」

「どないもしゃあないんですな」

「特に、こんな大きい屏風はね」

「正直、邪魔ですねん。この屏風は」

「保管に気をつかいますよね」

「分かった。分かりました」

神谷はうなずいた。「三十万やったら、売ってもよろしいわ。鑑定料は買い手の負担にしてください」

食えない爺だ。栖芳筆でないと知りつつ、手取りで三十万円は欲しいという。

「いちおう、あたってはみますけど、買い手はプロですから、商売にならんと判断したら、話は流れます。それでよろしいですね」

「けっこうです。すんませんな」

「ほな、後日、鑑定家を連れてきます」

そのときは事前に連絡するといい、佐保は屏風を撮影するべく、スマホを出した。

この〝栖芳写し〟は金になる――。そんな予感を抱きながら。

2

帝塚山駅の近くまで歩いてタクシーに乗った。京都の洛鷹《らくよう》美術館に電話をし、館長の河嶋《かわしま》につないでもらった。

——はい、こんにちは。

——ご無沙汰してます。『アートワース』の佐保です。

——ほんに、久しぶりですな。お元気ですか。

——ぼちぼちやってます。館長も、ご活躍で。……嵯峨女子大のご講演は時間がとれなくて失礼しました。

——なにかと忙しいですわ。この齢《とし》で。

——ところで館長、相談があるんです。大阪の旧家で栖芳写しの龍虎図屛風を見つけたんですけど、興味はおありですか。

——栖芳て、北川栖芳？

——そうです。写したんは、たぶん、狩野治信やと思います。

——そら新発見かもしれんね。栖芳は超大物やけど、治信も大物ですわ。ぼくもその屛風を見たいね。

——館長のお眼にかける前に真贋を鑑定したいんです。しかるべきひとを紹介してくれませんか。

——栖芳は大候寺と縁《ゆかり》が深い。注文をもろて障壁画をたくさん描いたといわれてる。……大候寺の模写室長は知り合いやさかい、行ってみますか。

——それはありがとうございます。室長のお名前は。

——酒井聡《さかいさとし》。燦紀会《さんきかい》の会員でもある。

燦紀会会員……。日本画家としては正統だ。

——いま、大阪なんやけど、これから大候寺に行ってもいいですかね。

——それやったら、酒井さんに電話しときましょ。直接、酒井さんを訪ねてください。

電話は切れた。河嶋の口ぶりは〝栖芳写し〟に興味がありそうだった。あの屏風が本物なら、洛鷹美術館は購入するかもしれない——。


タクシーで淀屋橋まで行き、京阪電車で京都に向かった。京阪鴨東《おうとう》線の終点、出町柳駅で降り、またタクシーに乗って今出川通を西へ。千本今出川を北へ行った紫野に大候寺はある。

豪壮な仁王門前で、佐保はタクシーを降りた。広い駐車場に観光バスが十台ほど駐《と》まっている。修学旅行だろうか、バスの案内プレートには山口県や島根県の中学名が書かれていた。

拝観受付を済ませて仁王門をくぐった。真っ白な砂利敷きの通路の左はきれいに手入れされた庭園、右の鐘楼のそばで外国人観光客がガイドを囲んで話を聞いている。ガイドは英語を喋っているが、ドイツ人やフランス人、アラブ系の人たちにも英語は通じるのだろうか。佐保の前を歩くカップルは中国語を喋っている。

中門をくぐると案内板が立っていた。広大な寺域内に十数棟の建物と塔頭《たっちゅう》がある。金堂、御影《みえい》堂《どう》、観音堂、経蔵、五重塔などはあるが、〝文化財研究所〟とか〝所蔵館〟はない。西奥の《大《だい》至《し》館《かん》》という建物がそうだろうと目星をつけた。

大至館は瓦葺き、漆喰塗りの、ほとんど窓のない蔵のような建物だった。灰色の鉄扉に《関係者以外立入禁止》とある。寺務所にもどって酒井を呼んでもらうか――。思案しているところへ作務衣を着た剃髪の男が通りがかった。

ちょっとすみません――。呼びとめた。

「模写室というのは、この建物の中ですか」

「はい、そうですが……」

「室長の酒井先生にお会いしたいんですけど、入ってもいいですかね」

「お約束ですか。酒井先生と」

「アポはとりました」

「じゃ、いいですよ。模写室は入って左の部屋です」

男は軽くいい、歩き去った。

佐保は大至館に入った。真夏の日差しの下からいきなり屋内に入ったためか、中はずいぶん暗く、ひんやりしている。空調で温度と湿度を一定に保っているのだろう。

廊下を左へ行き、《模写室》のプレートを確認してドアをノックすると、返事があった。ドアを引く。靴脱ぎの向こうは五十畳ほどもある奥に長い和室だった。高い天井、皓々《こうこう》とした照明、壁面には何百という岩絵具の瓶が色相順に並び、巻いた和紙が隙間なく立てかけられている。

「美術年報社の佐保と申します。酒井先生はいらっしゃいますか」

「ぼくです」

手前の板間のソファに座っている男が振り向いた。「河嶋先生から電話がありました。話は聞いてます。お入りください」

「失礼します」

靴を脱ぎ、畳にあがった。あらためて頭をさげ、名刺を交換する。《伝法宗《でんぽうしゅう》大候寺派本山大候寺　模写室　室長　酒井聡》とあった。長身、白髪、半袖のワイシャツに黒のズボン、度の強そうなセルフレームの眼鏡をかけている。

「どうぞ、おかけください」

にこやかに酒井はいい、佐保はソファに腰をおろした。

「すみません。お忙しいのに」

「いや、ぼくは忙しぃない。今日は若手が仕事してますから」

酒井の視線の先にふたりの男女がいた。畳にじっと胡座《あぐら》をかき、上体をかがめて、牡丹を描いた絵の上に広げた透明フィルムに、脇目も振らず慎重に筆を運んでいる。

「模写を間近で見るの、初めてです」

「あれは骨描《こつが》きいうて、フィルムに原本の輪郭を写してるんですわ」

酒井は説明する。「写しとったら、新しい紙とフィルムのあいだに念紙《ねんし》を挟んで、フィルムを鉄筆でなぞります。そうしたら、下の紙に輪郭が転写されますよね」

転写された骨描きに原本を見ながら顔料を塗っていく、という。

「念紙て、カーボン紙みたいなもんですか」

「美濃紙の片面に木炭を擦り込むんです。いうたら、自製のカーボン紙ですね」

「美術誌の記者としてお訊きするんですが、顔料はなにを使うんですか」

「それは原本によります。岩絵具、泥絵具、墨、色漆《いろうるし》、金箔もよう使います」

「紙は原本と同じものを漉《す》くんですか」

「いや、それは無理です。うちは市販の麻紙《まし》や鳥の子紙のほかに、兵庫県の名塩《なじお》で漉いた紙を使《つこ》うてます」

名塩の紙は鳥の子紙に土を漉き込んだ特注の和紙だと酒井はいい、「日本画における模写の目的は、訓練、修業と、文化財の保護です。襖絵、天井画、張付壁《はりつけかべ》の絵を、本物は収蔵して、模写したものを現場に展示する。そのためには、現状模写、復元模写、折衷模写があるんです」

現状模写は原本の傷や剝落、褪色、汚れをそのままに写すもの。復元模写は原本が描かれた時代を想定して古色をつけるもの。折衷模写は周囲の建物や室内に合わせて古色をつけるもの――。

酒井は丁寧に補足した。

「古色というのは、技法的にはどんなふうにつけるんですか」

興味本意の質問だとは思いつつ、佐保はつづけた。

「描きあげた模写に、薄く溶いた茶やグレーの泥絵具を刷毛でなんべんも塗るんです。八回から十回は塗りますかね。そしたら、ひと月ぐらいで古色が馴染んで、今描きの絵とは分からんようになります」

模写に熟達すると贋作もできる——。口にはしないが、そう感じた。

「酒井先生は創作もされるんですよね」

「模写の上手な絵描きは創作が苦手やとされてます」

こともなげに酒井はいった。「模写は自分を出したらあかんのです。そこがつらい。ぼくは模写と大学の講師で得た収入で創作をすると、自分で決めたんです」

「模写のプロでありつつ、燦紀会の会員にもなられた。努力されたんですね」

「好きなんです。描くことが」ひとり、酒井はうなずいた。

「もう何年、やってはるんですか、大候寺のお仕事」

「美大の学生のころからやし、そろそろ四十年ですかね」

「京都美大？」

「日本画科です」

模写の専任教授が大候寺を紹介してくれたという。「拘束時間は朝の九時半から四時すぎまで。昼寝つきでね。それでバイト料がほかの学生より多いんやから、ありがたかった」

「芸は身を助ける、ですね」

「京都の美学生ならではの特典です」

大候寺の文化財保存展示事業は昭和四十七年から始まった。事業完了まで、あと二十年以上の仕事があるという。

「仕事のペースは」

「絵描きひとりあたり年間二百五十日の稼働で、襖絵なら七、八面ですね」

「一カ月で一面ですか」

意外に早いと感じた。「材料費、高いですよね」

「絵具は天然物しか使わんです。金箔は厚手のものを一年に四千枚ほど使います」

「襖や掛軸の修復師も模写をするんですか」

「大候寺文化財のような指定物件はしません」

「なるほど」

うなずいた。「いや、おもしろいお話をうかがいました。今度、『アートワース』で模写の特集をしてもいいでしょうか」

「それはもちろんよろしいけど、地味な仕事ですよ」

「そこがいいんです。世間のひとが知らん世界やから」

リップサービスではない。ほんとうに企画しようと思った。「そのときは改めて取材にうかがいます。撮影もさせてください」

頭をさげた。酒井もさげる。奥で筆を走らせている男と女は一度もこちらに顔を向けることはなく、仕事に集中している。

「ああ、話ばっかりで気がつきませんでした。飲み物は」酒井がいった。

「いえ、けっこうです。お気づかいなく」

かぶりを振った。部屋は涼しく、汗はひいた。「――河嶋館長から屏風の話は」

「そう、そう、それが本題でしたね」

酒井は膝の上に手を組んで、「〝栖芳写し〟と聞きましたが」

「所有者は神谷さんという大阪の帝塚山の旧家です。戦前まで道修町で薬種問屋をしてたみたいで、伝来の屏風を見せてもらいました。これです」

スマホを出した。撮影した画像をアップして酒井に渡す。酒井はひとわたり画像を見て、

「確かに、栖芳ですね。構図は豪胆で細部は繊細、時代もあります」

頭が小さく胴が短い虎のプロポーション、わずかに緑がかった眼、濃淡のはっきりした太い縞模様に栖芳の作風が見てとれるという。「龍の顔つきと筆が掠れたような雲も、狩野派初期の表現です」

「この栖芳は写しですよね。治信が写したことに疑いはないんですか」

「落款と印章の真贋はぼくには分かりませんけど、筆の運びはまちがいなく狩野派の絵師……それも相当の技倆をもった絵師です」

酒井は虎の画像を拡大した。「いちばんの特徴は、虎の毛描きです。白い長めの毛を一本一本、立てるように、ふんわりと写実的に描いてます。これほどの技法と筆の走りは治信と考えてもいいんやないですかね」

「北川栖芳筆の龍虎図屛風は現存するんですか」

「いや、ぼくは知りません。見たこともない」

「大候寺には牡丹図襖と紅梅図襖がありますよね」

「あります。いまは収蔵庫に」

牡丹図襖と紅梅図襖を模写したのは、酒井が師事した京都美大の教授だったという。「五十畑《いそはた》司郎《しろう》。模写の分野においては日本でいちばんの先生でした」

「栖芳の龍虎図屛風が存在した証拠というか、記録のようなものはないですかね。大候寺は栖芳と縁が深いと、河嶋先生からお聞きしましたが」

「さぁ、どうですやろ……」

酒井はソファにもたれて天井を眺めていたが、「明治の廃仏毀釈で寺の宝物の多くは失われましたけど、寺宝帖には記録が残ってるかもしれませんね」

牡丹図襖と紅梅図襖は建物の一部だから棄てられることはなかったが、屛風は持ち運びができるため、壊して燃やされた可能性がある、と酒井はいった。

「酒井先生、お願いばっかりで心苦しいんですが、その寺宝帖というのを調べてもらうわけにはいかんでしょうか」

「はい、調べてみましょ」

あっさり、酒井はいった。「ぼくも興味があります。写しといえども、北川栖芳筆の屛風絵が発見されたとなったら、美術界のビッグニュースになります。写した狩野治信も充分、大物絵師やしね」

寺宝帖に記録があれば、大候寺が屏風を買うかもしれない――。佐保は期待した。

「寺宝帖の閲覧許可をとります。結果は佐保さんに知らせますわ」

「なにからなにまでありがとうございます」

膝をそろえて、また頭をさげた。「お仕事の邪魔をして申しわけないです」

作業中の男女にも礼をいって模写室をあとにした。


天神橋の美術年報社に帰ったのは夕方だった。どうやった、と菊池が訊く。佐保は洛鷹美術館の河嶋の紹介で大候寺へ行き、酒井に会った経緯を報告した。

「大候寺の模写室長がいうんやからまちがいない。屏風は十中八九、本物ですわ」

「オリジナルの栖芳はない。治信の写しだけが現存してる。……こいつは値打ち物や」

菊池はほくそえむ。「売れ口を探さないかんで」

「それはまだ早いでしょ。寺宝帖に記録があったら万々歳やけど」

「なんぼで売れる？　五百万か、一千万か」

「皮算用をする前に、神谷から屏風を買い取らんとあきませんわ」

「三十万？」

「そう。鑑定料込みでね」

「誰か、適当な人間を美術商に仕立てんとあかんな」

「加藤《かとう》さんはどうです」

加藤は使いやすい。ケチでタカリ体質だから、この種の話にはすぐ乗ってくる。

「あいつはあかん。分け前をくれといいよる」

菊池はいって、「わしの飲み友だちに江口《えぐち》いう爺さんがおる。近所の麻雀屋や。いつも暇そうにしてるから、そいつを美術商にしよ」

「麻雀屋のおやじに分け前やったらあきませんよ」

「やるわけない。日給一万円で使うんや」

「いつ、仕掛けます」

「啓ちゃんのほうが気が早いやないか。慌てんでもええ。大候寺の模写室長から電話があったら、江口の爺さんに話をする。神谷んとこへ行くのは、それからや」

「前祝いに、今日は飲みますか」

「わがままでか」

「おれはね、きれいなお姉ちゃんのいてる店で飲みたいんです」

「新地か」

「そう。高級クラブ」

「払いは」

「菊池代表に決まってるやないですか」

「これや。社員と飲んでも交際費は落ちんのやぞ」

菊池は舌打ちしたが、機嫌はよかった。

3

そうして一週間——。

蕎麦汁《つゆ》にわさびを溶いたところへ携帯が鳴った。酒井だった。寺宝帖に記録があったという。

——栖芳の龍虎図屏風は塔頭の知足院の寺物《じもつ》でした。

——それはいつの記録ですか。

——いちばん古いのは寛永十一年やから、一六三四年です。そのころに大候寺が栖芳に描かせたか、有力者が栖芳に注文して描かせた屏風を大候寺に納めたんでしょ。

——いちばん新しい記録は。

——安政二年。一八五五年です。

戊辰戦争が一八六八年だから、明治の前まで龍虎図屏風は大候寺知足院にあったのだ。酒井がいっていたとおり、維新後の廃仏毀釈で栖芳筆の龍虎図屏風は消失した……。

——ひとつお願いなんですけど、その寺宝帖をコピーしてもらうわけにはいかんですか。

——コピーですか……。難しいですね。

和綴じの寺宝帖が傷む、と大げさなことをいう。

——安政二年のところだけでいいんです。それがあったら、栖芳筆龍虎図屏風の新発見として

『アートワース』に発表できます。もちろん、発見者は酒井先生です。

しばらく間があった。酒井は考えている。

——佐保さん、コピーは無理です。ぼくは閲覧許可をとっただけやから。

——そこをなんとかお願いします。新発見の証拠として必要なんです。

——分かりました。コピーは無理ですが、写真撮影なら。

——ありがとうございます。今日にでもカメラマンを連れて行きます。

——待ってください。管財の責任者にいうてみます。大候寺にとってわるい話やないし、撮影許可はおりると思います。

——うれしいです。模写の取材もお願いします。

——また連絡します。

——すみません。お礼のいいようもないです。

電話を切り、ざる蕎麦に箸をつけた。


蕎麦屋を出て、隣の喫茶店に入った。菊池に電話をする。

——おう、なんや。

——『みすと』にいるんやけど、来ませんか。

——わし、眠たいんやけどな。

菊池は社で出前の弁当を食ったあと、椅子を倒して昼寝をする。

——ついさっき、大候寺の模写室長から電話があったんですわ。栖芳写しの龍虎図屏風、本物です。

——ほう、そらええな。

——作戦、練りましょ。

——分かった。行く。

菊池は十分で来た。佐保の前に腰をおろしてアイスカフェオレを注文し、おしぼりを使う。佐保は寺宝帖のことを説明した。

「酒井に見せたんは屏風の写真だけやろ。しかるべき人間を神谷の家に連れてって、実物を鑑定させせんとあかんで」

「鑑定家、知ってますか」

「栖芳と治信の鑑定な……」

菊池はけむりを吐く。「『史叡堂《しえいどう》』の大沼《おおぬま》はどうや。あれは狩野派や円山《まるやま》派の目利きやし、ひょっとしたら屏風が欲しいというかもしれん」

「おれは大沼さんに面識がない。菊池さんが頼んでください」

「分かった。頼んでみよ」

菊池はいって、「啓ちゃんは寺宝帖や。なんとしても撮影せないかん。酒井で埒あかんようやったら、大候寺の偉いさんにプッシュするんや」

「偉いさんて、誰です」

「宗務長とか、知足院の住職とか、いろいろおるやろ」

菊池はいつもこの調子だ。思いつきでものをいう。いわれた佐保はたまったものではない。

「啓ちゃん、治信いうのはどんな絵師や」

「けっこう大物ですわ。栖芳ほどのビッグネームやないけど」

狩野治信の年譜は調べた。京狩野の八代当主狩野永俊《えいしゅん》の弟子で、絵は師の永俊を凌ぐとされたが、そのことで師に疎《うと》まれ、狩野派絵師としては不遇だった。写実に徹した作風は精妙かつ華麗で、多くのパトロンがいたという。制作期は一八〇〇年ごろから一八三〇年ごろと長いが、気難しく、金銭には恬淡《てんたん》として、納得した作品にしか落款印章を入れなかったため、治信の真筆とされる現存作品数はそう多くない。治信が再評価されたのは昭和四十年ごろからで、いまは山楽に次ぐ京狩野の絵師と評されている――。

「京、大坂の金持ちが治信に依頼したんでしょ。栖芳の屛風を写してくれ、と。それで治信は大候寺へ行った。写した絵は依頼主が屛風に仕立てて、家に飾った。それが巡りめぐって神谷の家に来たんやないですかね」

「神泉堂の当主が治信に写しを依頼したんかもしれんな」

「治信は偏屈でプライドが高かった。龍虎図に《栖芳寫》と落款を入れたんは、あくまでも自分の作品やない、おれのほうが技倆は上や、といいたかったんでしょ」

江戸末期に模写という概念はない。治信は栖芳の屛風を写生したのだ。だから、原画と写しはそっくり同じ絵ではない。「――けど、それでよかったんです。結果的に栖芳筆の『龍虎図屏風』が後世に残ったんやから」

「啓ちゃんの講釈は説得力があるな」

菊池は笑う。「さすが『アートワース』の編集長や」

むっとした。講釈とはなんや。こいつはひとの話をまじめに聞いていない――。

「で、いつ行く」菊池は煙草を吸いつけた。

「寺宝帖次第ですね。撮影ができたら、麻雀屋の爺さんと大沼さんを神谷んとこに連れて行きましょ」

「分かった。カメラマンは大阪日報に頼め」

菊池のアイスカフェオレが来た。佐保は氷の溶けたコーヒーを飲み、菊池の煙草をとって火をつけた。

4

寺宝帖の撮影許可がおりたのは三日後だった。佐保はカメラマンの車で大候寺へ行き、寺宝帖の表紙と当該のページを撮影した。つまらんもんを撮るんですね、とカメラマンは不服そうだった。

二日後、佐保は菊池と江口を会社のミニバンに乗せて史叡堂に向かった。

「江口さん、あんたは古狸の美術商や。話はわしと佐保がするから、あんたは黙って屏風を見てたらええ」

低く、菊池はいう。「屏風の買値は三十万。神谷がぐずぐずいうても、それ以上は出さんと突っぱねるんやで」

「突っぱねるもなにも、わしは絵のことなんか分からんがな」

江口はシートにもたれて煙草を吸う。スーツにネクタイを締めているが、まるで似合っていない。「——佐保さんは麻雀するんかいな」

「この四、五年はやってませんね」赤信号で停まった。

「ルールは知ってるんや」

「むかしはフリー雀荘に出入りしてました」

千年町の雀荘に瑠美《るみ》ちゃんというレディスメンバーがいた。容貌はもうひとつだったが、胸が大きかった。デートに誘って断られてからは、その店に行っていない。

「サンマーができるんやったら、うちで遊ばんかいな」

「フリーで打って、勝ったことないんです」

「それは馴れですわ。麻雀はよろしいで。パチンコなんかより、ずっと健康的や」

あんなもんが健康的か——。フリー麻雀は負ける。雀荘に巣くっているメンバーは手練《てだれ》の半プロばかりだから。

麻雀、競輪、カジノと、どうでもいいようなことを、江口はひっきりなしに話しかけてくる。相手にしていると喋りつづけるから、CDのボタンを押して音量をあげると、ラップだった。それも英語の。耳障りだが、江口の与太話よりはマシだと我慢した。

北堀江の史叡堂に着いた。店構えは仕舞《しも》た屋ふうで、木彫りの扁額を軒下に掛けている。一見《いちげん》客は相手にしていないようだ。

菊池が店に入って大沼を連れ出してきた。リアシートに菊池と大沼を乗せて帝塚山に向かう。

「しつこいようやけど、役割をいうときますわ」

菊池は助手席の背もたれに手をかけて、「江口さんは美術商。大沼さんは鑑定家で、史叡堂の店主というのは内緒です。屏風をじっくり見て、神谷が真贋を訊いてきたら、これは怪しいと、そういうてください。あとの交渉はわしがします」

「屏風を見もせんうちから、偽物《ぎぶつ》と決めてかかるんかいな」大沼がいう。

「はっきり、偽物というんやない。鑑定家の立場で、怪しい、というて欲しいんです」

「そんなもん、騙しやで。菊池さん、あんた、屏風を見てくれというただけでっせ」

「大沼さん、真贋をはっきりさせるのが鑑定家です。おたくが本物やというたら、神谷がぐずぐずいうやないですか。もっと買値をあげてくれ、と」

「屏風が偽物やったときは〝怪しい〟でええ。本物やと思たときはどうしますねん」

「そのときは、神谷に見えんように合図をしてください。これは本物や、と」

「なんか、骨董屋の良心に恥じる所業ですな」

海千山千の大沼が〝骨董屋の良心〟ときた。笑わせる。一万円で買った古物を十万円で売るのが大沼の商売だろう。

「文句はあるやろけど、今日のところはわしの筋書きどおりにしてください。わるいようにはしません」

下手《したて》に出る菊池に、渋面《しぶづら》でうなずく大沼がルームミラーに映った。大沼には鑑定料として三万円を渡す約束をしているが、大候寺の寺宝帖のことは一言も話していない。

神谷家――。塀際に車を駐めた。四人が降り、佐保がインターホンを押す。すぐに女の声で返事があった。

――こんにちは。美術年報社の佐保です。

――はい、はい、お待ちしてました。鍵、あいてます。お入りください。

門をくぐって中に入った。玄関の戸も錠はかかっていなかった。

神谷の妻だろう、髪をひっつめにした女が廊下にいた。四人が挨拶する。座敷にとおされて、座卓の前に並んで座った。庭でチュンチュンと雀が鳴いている。

「暑いですな。八月も終わりやいうのに」

神谷が入ってきた。柄物のオープンシャツに、このあいだと同じショートパンツを穿いている。

「上司の菊池です。『美術年報』の編集長です」

菊池を紹介した。菊池は一礼して名刺を差し出した。

「こちらは美術鑑定家の大沼先生です」

「よろしくお願いします」大沼は小さく頭をさげた。

「そちらは美術商の江口さんです」

「雀、ぎょうさんいてますな」江口は庭を見た。

「餌付けしてますんや」と、神谷。

「へーえ、パンとかやるんですか」

「小鳥用の混合餌を買《こ》うてきますねん。三キロ入りの袋が三日で空になります」

餌は七百円だと神谷はいい、月に七千円が雀の餌代になる、と肩をすくめた。「野生の雀は一年か二年の命やし、うちで栄養つけてくれたら冬越しもできると思てね」

「そら神谷さん、ええことですわ。雀が葛《つづら》を持ってきまっせ」

お喋り爺の江口につられて神谷も喋る。放っておいたらきりがない。

「屏風、見せていただけますか」佐保はいった。

「隣ですわ」

佐保は立って襖を開けた。先日と同じところに龍虎図屏風が広げられている。

大沼は食い入るように屏風を眺め、ひとつうなずいて、そばに行った。金箔、竹、雄虎、雌虎、龍、雲、落款、印章——と、立ったり、かがんだり、ときにルーペを使って細部を見分《けんぶん》する。

「どないです」

神谷が訊いた。大沼は屏風の前に正座して身じろぎしない。

「何代も前から家《うち》にありますねん。わしは本物やと思うんやけどね」

神谷が念を押すと、大沼はおもむろにこちらを向いた。

「栖芳の画風は見てとれます。写した治信の技法もそれらしい。確かに狩野派の絵ではある。

……しかし、栖芳写し、治信の真筆とは鑑定できません」

「なんでです」

「栖芳筆の龍虎図屛風が存在したという由緒伝来がない。治信が写したという確証もない。……

落款は治信らしいけど、印章を照合してみんと、はっきりしたことはいえません」

「ほな、偽物《にせもん》ですかいな」

「そうともいえません。……白でも黒でもない。ようできた灰色ということです」

話がちがう。大沼は〝怪しい〟というはずだった。〝怪しい〟はすなわち〝偽物《ぎぶつ》〟であり、美
術的な価値はないということだが。

「やっぱり、本物やなかったですか」

菊池がいった。「江口さん、買いますか」

「あ、そうですな。買いましょか」ハッと気がついたように江口がいう。

「値は」

「三十万。それ以上は出せんです」

「どうでしょう。ぼくが紹介しましょうか。蒐集家《しゆうしゆうか》を」

話を遮るように大沼が神谷を見た。「龍や虎の好きな蒐集家が芦屋にいるんです。屛風も二十

隻ほど持ってるし、この屏風なら、きっと気に入るはずです」

「そのひとやったら、五十万、六十万で買うてくれるんですか」と、神谷。

「たぶん、大丈夫やと思います」

「なるほどね。そっちに売ったほうが得か……」

「ちょっと待ってください。それは話がちがう」

菊池がいった。「大沼さん、おたくは鑑定家や。余計なことしてもろたら困りますな」

「ぼくは親切でいうてるんです。治信の作ではないかもしれんけど、これほどの屏風なら六十万の値打ちはあるはずですわ」

「分かった。分かりました」

菊池は舌打ちして、「江口さん、六十万で屏風を買いましょ」

「いや、わしは三十万や」江口は首を振る。

「江口さん、買うんです」

菊池に睨まれて、江口は横を向いた。少し考えて、

「しゃあない。六十万で買いますわ」

「神谷さん、それでよろしいな」菊池がいう。

「いや、どうかいな……」

神谷は大沼に向いて、「その芦屋の金持ちにいうてください。屏風は百万。それやったら売る、と」

「了解です。ちょっと時間をください」

大沼は携帯を手にガラス戸を開け、下駄をつっかけて庭に出ていった。臭い芝居だ。大沼は屏風が本物と見て商売になると踏んだのだろう。どいつもこいつも欲たかりの猿芝居に、佐保は呆れかえった。

「江口さん、おたくも顔が広いんやから、屏風好きのコレクター、知ってますやろ」

菊池がいった。「ここは眼をつむって百十万、出しましょうや」

「そら、あんたがそういうんやったら、わしはかまわんけど……」

江口はもう、美術商という役を忘れて菊池のいいなりだ。

「神谷さん、百十万です。それで江口さんに屏風を売りましょ」

「あんた、骨董屋でもないのに、えらい肩入れするんやな」

神谷は菊池を睨んだ。「口銭《こうせん》、とるんやろ」

「そんなもん、もらいません」

「いいや、ちがうな。わしはあんたのことを信用せん。そう決めた」

「神谷さん、そらあんまりですわ」

菊池の口舌《こうぜつ》が鈍ったところへ、大沼がもどってきた。

「OKです。百万円で買うそうです」

「わしは百十万でっせ」と、江口。

「あんたら、ひとの屏風をなんと思てるんや」

神谷が怒りだした。「神谷家の家宝やで。それをなんぼやかんぼやと勝手に値ぇつけて。……やめた。売らへん。金輪際、売らへん」

「神谷さん、それはないでしょ。ひとをなんべんも呼びつけといて」菊池がいった。

「『美術年報』の編集長さんよ、あんたが来たんは今日だけや」

「そらそうかもしれんけど……」

「帰ってもらおか。気ぃわるいわ」

「神谷さん……」

「帰ってくれ。警察呼ぶで」

年寄りは気が短い。神谷の剣幕はおさまりそうにない。菊池は渋々、立ちあがった。

「すんません。出直します」

佐保も立って、頭をさげた。

神谷家を出るなり、菊池が大沼に詰め寄った。

「なんや、あんた。約束がちがうやろ」

「わしがなにを約束した」

大沼は素知らぬ顔で、「あれは治信の真筆や。嘘はいいとうない」

「あんたが欲かくから、神谷を怒らしたんやないか」

「あの爺さんは気がついたんや。屏風のほんまの値打ちに」

「いうにこと欠いて、それか。あんたが要らんことといわんかったら、神谷は屏風を売ったんや」

「わしは骨董屋やで。欲しいもんがあったら値をつけるのはあたりまえや」

大沼はうそぶいて、「ほら、帰るぞ。ドア、開けてくれ」

「あんたを乗せる車はない」

「そうかい。ほな、タクシーで帰るわ」

大沼は手を出した。

「なんや、それは」

「鑑定料やないか」

「ようういうた」

菊池は札入れを出し、さもいまいましげに三万円を渡した。

5

あれから一月、なんど電話しても神谷は出なかった。もう屏風を売る気は失せたのかもしれない。

缶コーヒーを飲み、週刊の美術新聞を広げると、屏風の写真が眼にとまった。左に二頭の虎、右に龍――。あの龍虎図屏風だ。

《重文級　屏風発見。北川栖芳筆の龍虎図を狩野治信が写生か》

見出しにつづいて、

《大阪市内の旧家で北川栖芳の龍虎図屛風を狩野治信が写生したとみられる屛風が発見された。鑑定にあたった大候寺模写室の酒井聡室長によると、原本の龍虎図屛風は寛永年間（1624〜1645）に北川栖芳が描いたとみられ、安政（1854〜）から慶応年間（〜1868）にかけて、京狩野派の絵師狩野治信が写生したものとみられる。栖芳筆の龍虎図屛風は現存せず、治信の写生によって栖芳筆の龍虎図が蘇ったとも考えられ、重要文化財級の新発見と評判になっている。龍虎図屛風は近く京都市嵐山・洛鷹美術館の「北川栖芳と京狩野派展」で公開展示されるという。》

「そういうことか……」

つぶやいた。神谷に連絡がとれないはずだ。

大沼が神谷に知恵をつけたのだろうか。大候寺に栖芳の牡丹図襖と紅梅図襖がある、と。

それとも、大沼が神谷から龍虎図屛風を買いとって洛鷹美術館に納めたのか。

いや、佐保から栖芳の屛風云々を聞いた河嶋が、酒井に問い合わせたのかもしれない。

いまさらしようがないと思いつつ、洛鷹美術館に電話をした。河嶋は不在だった。

デスクのアドレス帳を繰り、河嶋の携帯にかけた。

――はい、河嶋です。

――『アートワース』の佐保です。

――ああ、どうも。

――いま、いいですか。

――もうすぐ電車が来る。あと三分。

――ひとつだけ、お訊きしたいんです。栖芳写しの龍虎図屏風ですけど、洛鷹美術館に口利きがあったんですか。

――そう、あったね。

――誰からです。

――それはいえませんな。

――史叡堂の大沼さんですか。

――佐保さん、美術館が作品の入手先を明かすのはルール違反ですわ。

その口ぶりで大沼だと分かった。

――栖芳写しの屏風となると、けっこう高い値で購入されたんですよね。

――ま、安くはなかったね。

――三桁？　それとも四桁ですか。

――さすがに大阪の出版社や。値段を訊きますか。

嫌味たらしく河嶋はいい、

――電車が来た。じゃ、これで。

電話は切れた。
菊池がデスクで弁当を食っている。新聞を見せようかと思ったが、やめた。

鶯文《うぐいすもん》六花《ろっか》形《がた》盒子《ごうす》

1

『誠之堂《せいしどう》』の相沢《あいざわ》から電話があった。殷《いん》王朝、周《しゅう》王朝の青銅器を買わないか、という。
――ものはまちがいありません。実物をごらんになって判断していただければ。
――青銅器ね……。酒器ですか、祭器ですか。
――酒器が主ですが、祭器もあります。なにせ数が多いんです。
四十点はある、と相沢はいい、
――名品ばかりですが、みんな売りたいと、先方はいってます。
――誰です、先方て。
――ちょっといいにくいんですが、他言しないということでよろしいですか。
――はいはい、他言はしません。
蒐集品《しゅうしゅうひん》は売りたいが、噂にはなりたくない。そんなコレクターはいくらでもいる。
――洛鷹《らくよう》美術館です。
――えっ、なんでまた、あの洛鷹が……。

洛鷹美術館。京都嵐山の私立美術館だ。オーナーは『緋鷹《ひだか》酒造』。代々の当主が蒐《あつ》めてきた東洋の美術品を展示すべく、昭和六十年代のはじめに開館した。格式と伝統があり、学芸員も十人はいる。いまの館長は河嶋《かわしま》とかいう仏教美術の研究者だが、面識はない。

——洛鷹さんが所蔵品を売りたい事情はわたしにも分かりません。そこは芳賀《はが》さんが訊いてください。

——誰に訊くんですか。洛鷹の。

——美術館の館長と学芸員は、今回の売り立てには関係しません。窓口は榊原《さかきばら》という理事会の代表幹事と、仙石《せんごく》という東京の古美術商です。

——館長は理事会のメンバーとちがうんですか。

——そのあたりは、どうなんでしょう。詳しいことは聞いていません。

——相沢さん、おたくは買わんのですか。青銅器を。

——欲しいのは山々なんですが、正直なところ、資金がないんです。

——それで、ぼくに買えというんですか。

——『笙宜洞《しょうぎどう》』さんはうちのような零細美術商じゃありませんから。

——しかし、ぼくは青銅器に疎《うと》い。それに、時代が殷や周となると、半端な値やないでしょ。

——値段はともかくとして、一度、実物を見ていただけませんか。いま洛鷹美術館で〝特別展中国古王朝青銅器〟という企画展をしています。

相沢の魂胆が分かった。芳賀に青銅器を買わせて、売り主から仲介料、手数料をとるのが狙いなのだ。この種の〝ひとの褌《ふんどし》で相撲をとる商法〟を〝繋ぎ〟といい、業界ではまともな古美術商とはみていない。相沢がいつから繋ぎ屋になってしまったのか、よほど金繰りが厳しいのだろうと、芳賀は思った。

――いかがでしょう。芳賀さんさえよければ、わたしがお迎えにあがりますが。

――そうですな……。

考えた。わるい話でもない。美術館の企画展に偽物《ぎぶつ》やレプリカが展示されるはずはないし、先方の言い値を聞いてみるだけでもいいだろう。そもそも洛鷹美術館がどういう理由で所蔵品を売りたいのか、そこにも興味をおぼえた。

――分かった。分かりました。行ってみましょ。

――ありがとうございます。で、お迎えは。

――明日にしてください。午後がよろしいな。

一時と決めて、受話器をおいた。

芳賀はパソコンで〝洛鷹美術館〟を検索した。すぐに画像が出た。

《『春季特別展　殷周の青銅器　その比類なき佇まい』

中国古王朝　殷・周の青銅器を前にしたとき、我々はなにを想起し、なにを感じとることができるのか。紀元前十七世紀の中国で生まれ、頂点を極めた造形と鋳造《ちゅうぞう》技術は現代においても凌駕できない工芸美術の粋であり、その器面に施された饕餮文《とうてつもん》をはじめとする霊獣《れいじゅう》文様から導かれる

孤高の精神世界をぜひご堪能ください――。》

タイトルのあとに、展示された酒器や祭器の画像が三十点ほど並んでいた。うち重要文化財が二点、小さな画像だが、どれも名品だと分かる。

芳賀は思った。これらの中のひとつでもいい、自分のものにしたい、と。

2

翌日――。相沢が来た。型後れのグレーのスーツに青と緑のレジメンタルタイ。半年ほど会わないうちに、また肥っていた。相沢は糖尿病だが、よく食べる。以前、古美術商工会のパーティーで相沢と同席したとき、話はそっちのけで、ひっきりなしに料理をとりに行っていたのが印象に残っている。

芳賀は番頭の野田《のだ》に留守を頼んで北浜の筐宜洞を出た。ハザードランプを点滅させて土佐堀通に駐《と》まっていたのは旧型の白いクラウンだった。

「すみません。古い車で」

「いや、迎えにきてもろただけで充分です」

クラウンの車内は煙草の臭いがした。吸わない芳賀には悪臭だが、気をつかってサイドウインドーを下ろしたりはしなかった。

クラウンは土佐堀通から阪神高速道路高麗橋《こうらいばし》入口へ走る。

「昨日、ネットで洛鷹美術館の春季特別展を見ました。前々から知ってはいましたけど、さすがにすごいコレクションですな」

「重文も二点、展示されてます」

「そうでしたな」

芳賀は昨日の電話のあと、書庫に入って〝殷・周青銅器〟に関する書籍や図鑑を読み、中国古王朝の歴史的背景と青銅器の変遷について、基本知識を頭に入れてきた。

――殷王朝は紀元前十七世紀末から十一世紀にかけて黄河下流域に繁栄した。卜占《ぼくせん》などによる神権政治を行い、甲骨文字を発明。優れた青銅器鋳造技術をもつなど高い文化を有していたが、第三十代紂王《ちゅうおう》のとき、周の武王《ぶおう》を中心とする諸侯によって滅ぼされた。

殷の時代、前期の青銅器（銅と錫の合金で作られた器物）は実用されることが多く、龍や鳳凰などの空想上の動物、象、犀、虎、羊、鳥など実在の動物をモデルにして作った青銅器に酒を注いだり、肉を煮込んだりしていたが、時代が進むにつれて〝殷の青銅器時代〟を象徴する祭祀向けの精密かつ大型の青銅祭器が作られるようになった。その独自な形状、さまざまな文様は、世界史上でも比類のないものであり、まさに古代青銅器の究極であるといえる。

周時代の青銅器は、基本的には殷の製造技術を受け継いだが、その形状は簡素になり、美術品、芸術品としての価値は殷時代のほうが高いとされている――。

「中国古王朝の青銅器もそうですが、洛鷹美術館は日本の古代銅銭のコレクションでも有名です」相沢がいう。「富本銭《ふほんせん》はもちろん、和同開珎《わどうかいちん》から皇朝十二銭《こうちょうじゅうにせん》まで、私立美術館では国内最多を誇ってます」

「ああ、そういや、企画展をしてましたな。三年ほど前でしたか」古銭に興味はない。

「なかでもいちばんの古銭は〝古和同〟の銅銭で、いままで何千枚と出土した和同開珎のうち、わずか六枚しかありません」

「たった六枚。なんでそんなに少ないんですか」

「古和同は和銅元年から鋳造されたんですが、その製造期間は一年もなかった。和銅二年からは〝新和同〟が大量に鋳造されてます」

ここで思い出した。相沢はむかし、古銭を扱っていた。芳賀が空堀の誠之堂に立ち寄ったとき、桐箱に入れた慶長大判を自慢げに見せられたこともある。偽物か本物か知るよしもなかったが、あの大判はまだ持っているのだろうか。

「古和同と新和同はどうちがうんですか」

「隷書《れいしょ》風の〝開〟の字がちがいます。ほとんどの古和同は門構えの一部が開いていますが、新和同は閉じています」

なにをいっているのか分からない。聞き流した。

「金属成分もちがいます。古和同の銅銭は富本銭と同じ銅とアンチモンの合金ですが、新和同は銅に錫を混ぜた青銅です」

「つまり、新和同には値打ちがないけど、古和同にはあると、そういうことですか」

「おっしゃるとおりです」

「ちなみに、古和同の値は」

「いまマーケットに出れば、三百万、四百万の取引になるでしょうね」

洛鷹美術館の古和同は三十年ほど前に藤原京跡から出土したとき、その畑の所有者から購入したものだ、と相沢はいう。「当時は七、八十万だったと思います」

「前に、相沢さんに見せてもろた慶長大判も高そうでしたな」

「あれは慶長大判金の中でも、もっとも稀少な笹書《ささがき》大判金でした。いまだったら二千万以上の値がつくでしょう」

「まだ持ってられるんですか」

「とっくに売りました」古銭売買からは手をひいた、と相沢は笑った。

クラウンは阪神高速豊中インターから名神高速道路に入り、京都南を出て堀川通を北上した。丸太町通を西へ行く。

相沢は運転しながらスマホのキーをタップして、耳にあてた。

「――あ、どうも。相沢です。ごめんなさい、あと十分ほどでそちらに着きます。――はい。芳賀さんをお連れしています。――承知しました。ありがとうございます」

相沢は電話を切った。「榊原さんと仙石さんがお待ちです」

「仙石さんはどこで店をやってられるんですか」

「東京の吉祥寺です。屋号は『蒼煌《そうこう》』。蒼《あお》い煌《きらめ》きです」

「蒼は青銅器から?」

「だと思います。こと中国古王朝の青銅器に関しては学者顔負けの知識をお持ちです」

洛鷹美術館所蔵の重要文化財『龍池鴛鴦文方尊《りゅうちえんおうもんほうそん》』は仙石が納めた器だと、相沢はいった——。

嵐山堂ノ前町の洛鷹美術館に着いたのは三時すぎだった。

相沢は駐車場にクラウンを駐めた。芳賀は相沢についていて正面玄関へ歩く。数寄屋建築の泰斗《たいと》と称された谷口典之《たにぐちのりゆき》が設計した白壁に燻瓦《いぶしがわら》の瀟洒《しょうしゃ》な建物は、いかにも古都の美術館らしい風格がある。

相沢と芳賀が玄関の石段をあがろうとしたとき、館内から男がふたり現れた。芳賀に向かってにこやかに頭をさげる。

「どうも、ご足労願いましてありがとうございます。当館の代表幹事をしております榊原と申します」

左の痩せた男がいった。黒のスーツにダークグリーンのネクタイ、齢《とし》は五十すぎか。手に小さいショッピングバッグを提げている。

「仙石と申します。よろしくお願いします」

こちらは小肥りの赤ら顔。髪が薄く、背が低い。ツイードジャケットにグレーのオープンシャツ。六十前後か。

「筵宜洞の芳賀です。よろしくお願いします」

名刺を交換した。

《洛鷹美術館　理事　代表幹事　榊原義人《よしひと》》──。

《アンティーク蒼煌　代表　仙石慎一郎《しんいちろう》》──、とあった。

「お食事は」榊原がいった。

「済ませてきました」

「そうですか。……じゃ、展覧会をごらんください」

榊原が先に立って館内に入った。受付の女性スタッフに向かって小さく手をあげる。スタッフは小さくうなずいた。

ロビー奥、展示室の入り口に《殷周の青銅器　その比類なき佇まい》と、案内プレートが掛けられていた。榊原、仙石、芳賀、相沢の順に展示室に入る。まず正面のガラスケースは、重文の龍池鴛鴦文方尊だった。器の高さは約四十センチ、全体にびっしりと精緻な流水文様が刻まれ、その中を浮き彫りの鯰、鴛鴦、鯉が泳いでいる。複雑な立体造形だが、印象はあくまでも優美で、落ち着いた緑青の色もすばらしい。

「みごとです……」思わず、いった。

「殷の最盛期に製作された器です。河南省安陽《かなんしょうあんよう》の王宮跡から出土しました」

榊原がいった。「当館所蔵の青銅器はすべて、戦前に舶来《はくらい》したものです。中国の文化財輸出規制で、この種の殷器と周器が日本に入ることはもうありません」

「おっしゃるとおりですね」

そのとき、気づいた。洛鷹美術館のオーナーは緋鷹酒造だ。酒の醸造元の当主が酒器を蒐めたのは自然の成り行きだったのだろう。

重文の『饕餮文四耳簋《とうてつもんしじき》』のほか、『鍍金双魚文銀洗《ときんそうぎょもんぎんせん》』、『鶯文六花形盒子《うぐいすもんろつかがたごうす》』、『饕餮文斝《とうてつもんか》』――と、青銅器を見ていった。どれも造形的に完結した非の打ちどころのないものだった。

「いや、眼福でした。ありがとうございます」

「こちらこそ、ありがとうございました」

榊原がショッピングバッグをかざした。「お礼といってはなんですが、お土産です。お受けとりください」

「なんです……」

「富本銭です」

「そんな貴重なものを……」

面倒だと思った。富本銭は何百枚も出土しているだろう。もらってもうれしくはないし、そのことが枷になっては困る。

「いえ、けっこうです」

「そう、おっしゃらずに。当館にお招きした方への感謝の気持ちですから」

芳賀に限らず、招待客には富本銭か和同開珎を進呈している、と榊原はいう。頑なに断るのもカドが立つ。芳賀は礼をいって、バッグを受けとった。

「立ちづめでお疲れになったでしょう」

仙石がいった。「嵐山観光ホテルの喫茶室を予約しています。おつきあいください」

美術館を出て駐車場へ行った。仙石が足早に黒のミニバンに近づき、ロックを解除してドアを開けた。芳賀と榊原がキャプテンシートに座り、相沢が助手席に座ってミニバンは走り出した。

「仄聞《そくぶん》したところでは、芳賀さんのご実家は北浜の料亭だったそうですね」榊原がいう。

「そう、『笙宜苑《しょうぎえん》』という料理屋でした」

「創業は、お父さまが？」

「いいえ、祖父です。もともとは北浜の相場師で、料理屋は道楽ではじめたんですが、七一年のドルショックで株が暴落したとき、祖父は相場から手をひいて料理屋一本にしました。わたしが子供のころは、料理人や仲居さんが二十人はいましたね」

祖父が亡くなったのは八二年だった。料理人の父親は笙宜苑を継いだが、家業に熱心ではなく、八八年に店を閉めて敷地の百十坪のうち七十坪を地場証券会社に売り、残った四十坪の土地に五階建のビルを新築して古美術商をはじめた――。「もとは料理屋でしたから、茶掛けの軸物や器がたくさんありました。掛軸は書が主で、焼き物は伊万里《いまり》や備前ですね。父親は無類の骨董好きでしたから、多少の目利きはできたようです」

「芳賀さんが子供のころから、身のまわりには名品があったんですね」

「名品かどうかは分かりませんけど、古いものを見て育ったのは確かです」

芳賀は大学卒業後、ハウスメーカーに勤めていたが笙宜洞の開業を機に退職し、父親の手伝いをはじめた。父親について業者交換会に行ったり、各地の美術館を巡って名品を鑑賞したりするのは愉《たの》しかった。そうするとおもしろいもので、昨日まで分からなかった品物のよしあしが、今日、突然分かったりする。それが〝目があく〟〝目利きができる〟ということなのだろう。

「それで、お父さまは……」

「一昨年、亡くなりました」

「ごめんなさい。失礼しました」

「いや、八十五でした。齢に不足はないです」

バブル期に父親が売った七十坪の土地は八億円だった。うち二億円を笙宜洞ビルの建築費に充てたが、あとの六億円を父親は増やすことも減らすこともなく芳賀に残して逝った。本来の相続税は三億円を超えるだろうが、父親は生前から対策をして、資産の大半を値の確かな骨董品と現金に替えていた。

そう、芳賀の娘名義の銀行の貸金庫には五千万円の現金と二億円分の金地金を入れているが、娘はそのことを知らない――。

3

嵐山観光ホテル――。喫茶室に入った。ゆったりした六人掛けのソファが中央に配され、右一面の窓から桂川と渡月橋《とげつきょう》が見おろせる。
「お飲み物は」仙石がいった。

「コーヒーをいただきます」

「じゃ、ホットコーヒーを三つ」

かしこまりました——。女性スタッフは一礼して部屋を出ていった。

四人おるのにコーヒーが三杯——。仙石は飲まないのだろうか。

「相沢さんから伺いました」

グラスの水に口をつけて、芳賀は切り出した。「青銅器をお売りになりたいそうですね」

「おっしゃるとおりです」榊原が答えた。「今日、芳賀さんがごらんになった展示品をすべて売却したいと希望しております」

「差し支えなかったら、理由を教えてもらえますか」

「その前に、口外はしないとお約束願えますか」

「もちろんです。決して他言はしないと、相沢さんにもいいました」

「ありがとうございます」榊原はひとつ間をおいて、「当館の経済的事情です。実は昨年度から収支がマイナスに陥りまして、その補塡のため、理事会で所蔵品を売却しようという結論に達しました」

「その対象が青銅器ですか」

「日本の書画、陶磁器、漆器、仏具、東洋陶磁器など、各部門から少しずつ売却する案もあったんですが、それだと妙な噂が広がりやすい。それで、当館の『殷周青銅器部門』を閉鎖することにしました」

「今回の特別展が最後ということですね」

「公表はしていませんが、おっしゃるとおりです」

「部門閉鎖なら、オークションで売り立てしたほうがいいんやないんですか」

「それはダメです。あることないことを詮索されて、洛鷹美術館は閉館するというふうな風聞が流れかねません」

　重文指定の二点の青銅器のほかは秘密裏に処分したい、と榊原はいい、「売却に関しては理事会から仙石さんに一任しました」

「なるほど……」

　裏事情が読めた。青銅器は洛鷹美術館が売るのではなく、東京の古美術商である仙石が蒼煌をとおして売り捌くのだ。〝一括一任〟という名の〝迂回売却〟――。浅知恵だが、洛鷹の理事会は表に出ないと考えたのだろう。

「それでは、ぼくは失礼します」榊原は腰を浮かした。

「えっ、お帰りですか」芳賀はいった。

「ごめんなさい。あとはよろしくお願いします」

　いうだけいって、榊原は喫茶室を出ていった。仙石がコーヒーを三杯しか頼まなかったわけが分かった。

「――というようなことです」

　仙石が話を継いだ。「榊原さんから話をお聞きしたときは驚きましたが、少しでもお力になれればと承知しました」にこやかにいう。

「相沢さん、あんた、知ってましたんか」相沢に訊いた。

「なにを、ですか」相沢は慌てた。

「榊原さんから仙石さんへの売却委任です」

「いえ、わたしも今日、はじめて聞きました。詳しいことは知りませんでした」

相沢はかぶりを振ったが、表情としぐさはわざとらしい。この男は狸だ。仙石から事情を聞いていたにちがいない。

「いかがでしょう。青銅器に興味はおありでしょうか」仙石がいった。

「興味はあります。今日、名品を直に見て認識を新たにしました。どの一点をとっても、すばらしいものです」

「購入していただけますか」

「欲しいとは思います。……しかし、問題は値段ですね」

「洛鷹美術館の希望額を申しますと、重文の龍池鴛鴦文方尊は四億五千万円、同じく重文の饕餮文四耳簋は四億円です」

「そうでしょうな」

そんな金がどこにあるのだ。一介の骨董屋が買える値ではない。

「鍍金双魚文銀洗は一億二千万円、饕餮文斝は九千万円、『象頭形卣《ぞうとうがたゆう》』は六千万円です」

当然のことだが、どれも高い。

「実は、鴛鴦文方尊と饕餮文四耳簋は東京の某美術館に売却を打診しています」

「ほう、返答は」

「前向きに検討するとのことです」

「あの二点は美術館しか買えんでしょう」

「正直に申しますと、芳賀さんに買っていただきたいのは鷲文六花形盒子です」

鷲文六花形盒子は縦が三寸、幅が五寸ほどの小さな蓋物だった——。

「いくらですか」

「洛鷹美術館の希望額は三千五百万円ですが、わたしは三千万円と考えています」

「なるほど……」

三千万円の盒子を在庫にすることはできない。コレクターに売るのだ。

——と、ある人物が頭に浮かんだ。『皆木《みなき》恒産』だ。会長の皆木は書の愛好家だが、そのコレクションには中国の古いものも多くある。

「鷲文盒子のほかにお勧めはありますか」

「さきほどの象頭形卣と、『海獣葡萄文洗《かいじゅうぶどうもんせん》』ですね」

「洗はいくらですか」

「四千万円です」洛鷹美術館の希望額だという。

「鷲文盒子の三千万円というのは、多少の融通がきくんですか」

「買っていただけるのなら、消費税分はおまけします」

「鶯文盒子は目録があるんですか」

「今回の展覧会で作った図録があります」

「図録だけではディテールが分からんですね」

「だったら、明日にでも、鶯文盒子と象頭形卣と海獣葡萄文洗を撮影しましょう。図録と写真を北浜のお店にお送りします」

仙石はいって、「急かすようで申しわけないんですが、鶯文盒子には複数の引き合いがあります。できれば来週中にでもご返事をいただけるとありがたいのですが」

「承知しました。返答は来週中に」

「よろしくお願いします」

コーヒーが来た。ミルクを落として飲む。不味い。淹れてから時間が経っているのだろう、香りが飛んでいる。メニューを見ると、ホットコーヒーは千二百円もした。

「洛鷹美術館とは長いんですか」仙石に訊いた。

「平成のはじめですね」先代の館長が大学のゼミの先輩だったという。

「河嶋さんの前の館長て、誰やったかね」相沢に訊いた。

「千葉《ちば》さんです」

「ああ、そうでしたな」

小肥りの気難しい男だった。「いまはどうしてはるんですか」

「亡くなりましたよ。三、四年前に」

千葉は糖尿病で、末期は腎透析《じんとうせき》をしていたらしい、と相沢はいった。

「仙石さんは大学でなにを専攻されてたんですか」仙石に訊いた。

「考古学です。ゼミの仲間と平城宮や橿原《かしはら》の名賀蔵《ながくら》古墳の発掘をしました」

大学はどこです――。訊きたかったが、やめた。一流大学なら、自分からいったはずだ。

「うちは親父の代からの骨董屋です。美学か考古学をしろ、といわれて考古学にしました」

「それは親孝行です」

「頑固親父でした」今年が七回忌だという。

「仙石さんはおいくつですか」

「来年、還暦です」

同年配かと思っていたが、四つも年下だった。


相沢のクラウンに同乗して北浜にもどった。店に寄っていくよう相沢にいったが、固辞《こじ》して帰っていった。

店に入ると、客がいた。伊万里の七寸皿を前にして野田と話をしている。一見《いちげん》の客だから野田に任せて、芳賀は自室に入った。デスクに腰をおろして、土産にもらったショッピングバッグから紺色の袱紗《ふくさ》包みを取りだした。中身が富本銭にしては、けっこう重い。袱紗を開くと、薄い桐箱が出てきた。箱書きはごつごつした筆文字で、《富本銭　飛鳥御陵池出土》とある。

桐箱の蓋をとった。綿を敷いた白い絹布に奇妙な形の枝が埋もれていた。枝の先に銭らしい円、いいものが二枚ついているが、一枚は鋳割《ひび》れてところどころが欠け、一枚は銭の形すらとどめていない。

富本銭の鋳型《いがた》か——。つぶやいた。銭の周囲に鋳造のときのはみ出しが残っている。《富本銭》という箱書きがなければ、ただのゴミだ。

芳賀は相沢に電話をした。

——芳賀です。

——あ、はい。なにか……。

——いま、榊原さんにもろた富本銭を見たんやけど、どうも鋳型に銅を流し込んだときの、枝みたいな形がそのまま残ってますんや。

——芳賀さん、それは枝銭です。富本銭は枝の先に何枚ついてますか。

——二枚です。どっちも出来損ないやけど、〝富〟みたいな文字は、なんとか読めますわ。

——以前、富本銭が三枚ついた枝銭がマーケットに出ました。けっこうしっかりした枝銭で〝富本〟という文字もはっきり残ってました。たしか、二百万円近い値で落札された記憶があります。

——箱書きには、《飛鳥御陵池出土》と書いてます。

——そう、御陵池遺跡からは造幣所が発見されました。

——知らんこととはいえ、貴重な物を。……榊原さんにお返ししたほうがよろしいかね。

——それはかえって失礼かもしれません。榊原さんは日本有数の古銅銭コレクターです。

――そういうことなら、礼状を書いて、もらっておきますか。

――あの、こんなことをいってはなんですが、その枝銭をわたしに譲っていただくわけにはいきませんか。

――ほう、いくらで。

――十万円では。

――あいにくやけど相沢さん、仕入れた物ならともかく、好意でもろた物を転売するのは、ぼくの商売やないんですわ。

――いえ、わたしは前々から枝銭が欲しいと……。

――ごめんなさい。つまらん電話をしました。

フックボタンを押した。椅子にもたれて考える。

相沢が十万円といったのは、少なくとも、その三倍で売る肚《はら》なのだ。となると、この枝銭は三十万円以上で売れる。

榊原は富本銭だけではなく、和同開珎もバラまいているのだろう。洛鷹美術館所蔵の青銅器がすべて売却できることを期待して――。

芳賀は立って、店に出た。さっきの客はいない。伊万里の七寸皿は陳列棚の上にある。

「どうやった」野田に訊いた。七寸皿の値付けは十九万円だ。

「欲しそうにはしてました。負けてくれ、負けてくれ、としつこいんです。二万円だけ値引きしますというたら、また来る、いうて帰りました」

「あれはもう来《け》えへん」かぶりを振った。

一見客が店に入ってきたとき、芳賀は客の腕時計と靴を見る。それで客の懐具合が分かるのだ。その見立てが狂ったことはほとんどない。

「昼飯は」

「まだです」

「そらあかん」

店番を代わった。

4

内線電話が鳴った。芳賀さんがお見えです、と小久保《こくぼ》がいう。

皆木はデスクの時計を見た。十時十分前だ。約束は十時だったが、

——通してください。

いって、受話器をおいた。

ノック。ドアが開いた。小久保が芳賀を招じ入れる。皆木は立って、デスクを離れた。

「おはようございます。お忙しいところを、お時間をとっていただいてありがとうございます」

芳賀は両手を腰に添えて丁寧に頭をさげた。

「ま、どうぞ、掛けてください」

ソファを勧めた。芳賀はまた一礼して腰をおろす。仕立てのよさそうなダークスーツに白のワイシャツ、濃紺のネクタイを締めている。

「お飲み物は」

小久保が芳賀に訊いた。「コーヒー、紅茶、日本茶とございますが」

「ありがとうございます。紅茶をいただけますか」

「ダージリン、アールグレイ、どちらにしましょう」

「アールグレイを」

それを聞いて、小久保は部屋を出ていった。

皆木はテーブルのヒュミドールをあけて葉巻を一本、取り出した。

「洛鷹美術館の特別展をネットで見ました。いやぁ、みごとな作品が揃うてますな」

シガーカッターで吸い口を切る。「しかし、あの洛鷹美術館が所蔵品の売り立てをするとはどういう理由《わけ》ですか」

「お言葉ですが、売り立てはオークション形式……入札で行われます。今回は個別の青銅器を適宜売却するというふうに聞いてます」

「そうか。売り立ては美術館の体面に係わりますな」

「作品の購入、所蔵、展示をするのが美術館と思われがちですが、実際には売却もよくされてます」案外に所蔵品の入れ換えが多いのが私立美術館だと、芳賀はいった。

「あの重文二点も売りに出てますんか」

「出てます」

「値段は」

「四億五千万円と四億円です」

「なんと、えらいもんですな。この不景気に」

「引き合いはあるそうです。ほかの美術館から」

「我々一般人には縁がありませんな」

卓上ライターで葉巻に火をつけた。熟成されたハバナ葉のスパイシーな香りがたちのぼる。三十代のはじめからもう四十年、皆木は葉巻を吸っている。

「図録をお持ちしました。ごらんください」

芳賀は週刊誌大の図録をテーブルにおいた。厚みはない。

皆木は葉巻を灰皿において図録を手にとった。一ページずつ、ゆっくり見る。

「——なるほど。どれも名品ですな」

顔をあげた。「芳賀さんのお勧めは」

「象頭形卣、海獣葡萄文洗、鶯文六花形盒子です」

「値は」

「先方の希望額は、象頭形卣が六千万円、海獣葡萄文洗が四千万円、六花形盒子が三千五百万円です」

「その三つが安いんですか」

「鏡が六点ありますが、どれも唐時代以降のものなので、お勧めはしません」

「となると、器物《うつわもん》でいちばん安いのは盒子ですな」

「写真を持参しました。ごらんください」

芳賀はアタッシェケースからクリアファイルを出した。「お勧めの三点を別途撮影したものです」

皆木はファイルから写真の束を出した。十二枚ある。三点の青銅器を正面だけではなく、横面、裏面、上面から撮影している。

洗は平たい鉢のような形で、高さが五センチ、口径が十三センチと小さい。文様も彫りばかりで凹凸がないから、さほどおもしろいとは思えない。象頭形卣は高さが十八センチで、ごつごつした造形が見どころだが、六千万円は高い。

盒子は六つの花弁に浮き彫りの梅の枝が文様風に配され、二羽の鶯がとまっている。鶯は羽の凹凸までが精緻に表現されていた。

「この染みみたいなもんはなんですか」盒子の蓋をとった器の隅がうっすら白い。

「白粉《おしろい》の痕やと思います」盒子は化粧品や香を入れる器だと芳賀はいう。

「なんと、四千年も前の白粉が残ってる……」

欲しい。この盒子が欲しい——。そう思った。久々に湧きあがった感覚だ。

皆木は写真の束をファイルにもどした。

「実物は見られんのですか」

「いまは展覧会の会期中ですから、嵐山の洛鷹美術館に行っていただければ、ショーケース越しに見られます」

芳賀はいって、「お時間がよければ、ご案内しましょうか」

「いや、この写真でよろしいわ」手にとって見られないのなら、行くこともない。

そこへ、ドアがノックされ、小久保がトレイを持って部屋に入ってきた。テーブルにヘレンドのティーカップをおき、ポットのアールグレイを注ぐ。角砂糖とミルクピッチャーを添えて出て行った。

「いつも思いますけど、上品なひとですね」

「ま、秘書代わりですから」

皆木恒産に秘書室はない。客の前では執事のように振る舞うよう、総務課の小久保にはいってある。

芳賀は角砂糖をひとつ、カップに入れた。

「いかがでしょう。気に入っていただけましたか」

「いや、どうですかな。……もし、買うとなったら盒子ですか」

口ではそういったが、なんとしても自分のものにしたい。骨董仲間を招いて盒子を披露し、これは洛鷹美術館のコレクションやったんや、と図録を見せて自慢できる。

「三千五百万は向こうの言い値ですわな」

「そうです。わたしは三千万円まで負けさせたいと考えてます」

「三千万ね……」考える素振りをした。

「ただし、消費税は別途です」

「三千三百万ですか……」

それでいいと思った。骨董仲間の羨ましがる顔が眼に浮かぶ。

「あと、洛鷹美術館の理事会は今回の売却に関与せず、東京の蒼煌という古美術商に一任しているので、オークション形式はとりません。蒼煌をとおした譲渡というかたちになります」

「それはなんですか、洛鷹の体面ですか」

「おっしゃるとおりです。今回の特別展をもって、洛鷹美術館の殷周青銅器部門は閉鎖されます」

「どこも苦しいんですな。私立美術館は」

「というよりは、オーナーやないですかね。現理事長の赤木《あかぎ》さんは美術館運営にさほど関心がないと聞きます」

赤木章太郎《しょうたろう》――。緋鷹酒造の会長だ。近畿商工会議所の会合で何度か顔を見た。話をしたことはないが、茫洋とした、ひとのよさそうなぼんぼんだった。老舗の酒造会社や私立美術館のオーナーは、そういうふうに見えるのかもしれないが。

「それと、六花形盒子にはいくつか引き合いがあるので、今週中に返事をせんとあきません。支払いと品物の受け取りは、展覧会が終了する五月の連休以降になります」

「たとえばの話やけど、三千五百万が三千万にならんときはどうなるんですか」

「そのときは、縁がなかったと諦めます」

「なるほど。そういうことやったらＯＫしましょ。鷲文六花形盒子を消費税込みの三千三百万で買いますわ」

皆木は考えた。三千三百万円を、どう会社の経費で落とすかを――。

5

四月末――。朝、相沢が店に来た。富本銭が見たいという。

「実は、和同開珎の枝銭を持っていたことがあるんです。棹が長くて、枝の先に四枚の銭がついてました。今日はぜひ、富本銭の枝銭を拝見したいと思いまして……」

「棹て、なんです」

「溶けた銅を砂型に流し込む幹の部分です」

棹から枝、枝から銭に銅が流れる、と相沢はいい、「銅が冷えて固まったら砂型を壊して枝銭を取り出します。……でも、鋳《い》損《そこ》ないが多くて、失敗したものは廃棄しました。それが造幣所跡から出土するんです」

「すると、ぼくがもろた枝銭は、もともとが不良品でしたんか」

「おっしゃるとおりです」

この男は不良品を見るために来たのか――。そんなはずはない。

相沢を自室に入れて桐箱の蓋を取った。相沢は小さく頭をさげて枝銭を手にとり、ためつすがめつしていたが、

「しつこいようですが、これを売っていただけませんか」

「前にもいいましたな。仕入れたものは売るけど、もろたものは売れんのですわ」

「十万円、用意してきました」

相沢は上着の内ポケットから茶封筒を出してデスクにおいた。

「あんたね、なんぼ金を積まれても、あかんもんはあかんのです」

「十五万円でお願いします」

「なんでこんなもんが欲しいんですか。……美術的な価値は欠片《かけら》もない。箱書きがなかったらゴミですよ」

「飛鳥御陵池の造幣所から出た由緒に魅かれるんです」

「由緒ね……」

海千山千《うみせんやません》の相沢が十五万円も出すといっている——。こんなことは珍しい。

「相沢さん、あんたがそこまでいうんやったら考えるけど、いま、ここで持って帰ってもらうわけにはいかん。折りをみて、ぼくから電話しますわ」

「そうですか……。分かりました。明日、わたしのほうから電話します」

相沢はいって、出ていった。

芳賀はスマホのアドレス帳を出して『井関昭和堂《いぜきしょうわどう》』に電話をかけた。井関は中崎町でコインシ

ョップを経営している。

――はい。昭和堂です。

――井関さん、笙宜洞の芳賀です。

――はいはい、どうも、ごぶさたしてます。

――ちょっと教えて欲しいんやけど、井関さんは富本銭とか扱うてはりますか。

――もちろんです。……けど、いま、うちにはありませんで。

――それがいま、手元にありますねん。富本銭の枝銭が。

――ほう、そら珍しい。

――棹の長さは十センチぐらいかな。枝は四本で、そのうちの二本に銭がついてます。

形状を詳しくいった。井関は黙って聞いていたが、

――その銭は〝富本銭〟と読めますんか。

――〝富〟の字は読めるけど、なんせ腐食《ふしょく》がひどい。一枚はまだ銭の形が残ってるけど、もう一枚は欠片ですわ。箱書きに《富本銭　飛鳥御陵池出土》と書いてます。

――鑑定書は。

――ないです。

――そういうことでっか。

――これって、値打ちは。

――さぁ、どうやろ。箱書きはどうあれ、モノが富本銭と判定できんことには値打ちもなにも

ないわね。
井関はトーンダウンした。枝銭を売買したことがないという。
――その判定ができたら？
――三十万や四十万にはなるんやないですか。よう分からんけど。
――いっぺん、見てくれますか。
――見るのはかまんけど、値付けはできませんで。
――それやったら、枝銭の鑑定ができるひとを紹介してくれんですか。
――そんなひとがおるんかいな……。わし、知りませんわ。
鑑定ができたら枝銭を見せてくれ、と井関はいい、話は終わった。
芳賀はまたアドレス帳をスクロールし、ダイヤルキーに触れた。
――美術年報社です。
――芳賀といいます。佐保《さほ》さん、いてはりますか。
――お待ちください。
電話が切り替わった。
――はい、佐保です。
――おはようございます。筐宜洞の芳賀です。
――お久しぶりです。
佐保は井関とちがって反応が早い。

——ちょっと相談ごとです。佐保さんは飛鳥時代の古銭を鑑定してくれるひとをご存じないですか。

——古銭というのは。

——富本銭です。飛鳥御陵池の造幣所から出土しました。

——出土品となると、考古学の範疇《はんちゅう》ですね。富本銭はお持ちなんですか。

——はい。いま、ここに。

——鑑定はお急ぎですか。

——できたら、連休前にお願いしたいんですけど。

——知り合いのキュレーターがいます。先方に訊いてみて、折り返します。

——よろしくお願いします。

電話を切った。流しのところへ行って、パーコレータに水を入れ、キリマンジャロを挽いてセットした。

コーヒーが入った。モーニングカップに注いでデスクにもどる。椅子にもたれてカップに口をつけたところへ、スマホが鳴った。

——芳賀です。

——佐保です。大和《やまと》博物館のキュレーターがOKしてくれました。調査課の星野《ほしの》さんです。今日やったら、午前中がいいそうです。

大和博物館——。奈良考古学研究所付属の県立博物館だ。以前、業者仲間の勉強会で土師器《はじき》と須恵器《すえき》の見学に行ったことがある。

芳賀は壁の時計を見た。まだ十時前だ。

——お世話さまです。すぐに出ますわ。

——そうしてください。星野さんはキュレーターですから、鑑定書は書けません。よろしいか。

——けっこうです。

——それと、星野さんははっきり、ものをいいます。そのつもりでいてください。

——あの、鑑定料は。

——いいんやないですか。鑑定書なし、なんやから。

——ほんまにありがとうございました。お礼はまた、あらためて。

スマホをおいた。親切な男だ。これを機会に、また半年ほど『アートワース』に出稿するのもいいかもしれない。

コーヒーをひとすすりして立ちあがった。枝銭の桐箱をアタッシェケースに入れ、ジャケットをはおって部屋を出た。

「お出かけですか」野田がいった。

「奈良へ行く。ひとに会うんやけど、『橘屋《たちばなや》』で羊羹《ようかん》でも買うてきてくれるか」

札入れから一万円を抜いて野田に渡した。「熨斗《のし》は《御礼》と《芳賀》や」

野田の後ろ姿を見送ったとき、芳賀はふと思った。

佐保はなんで、あんなことをいうたんや——。

星野さんははっきり、ものをいいます。そのつもりでいてください――と。

6

阪神高速道路から西名阪自動車道、郡山インターを出て奈良バイパスを北上し、大江町の交差点を左折したところでナビの誘導が終わった。大和博物館の白い建物がすぐ前方に見えた。

博物館の駐車場に車を駐め、玄関受付に行った。入館料は九百円だが、買うこともないだろう。

「芳賀といいます。調査課の星野さんにお会いしたいんですが」

面会の約束をしている、といった。女性スタッフは電話をとって、芳賀の名前を伝えてくれた。

待つ間もなく、白いワイシャツの男が現れた。

「星野です」

にこやかにいう。長身で色が黒い。遺跡の現地調査で日に灼けているからか。齢は三十代半ばだろう。

「筆宜洞の芳賀と申します。このたびは勝手なお願いをしてしまいました。お忙しいところを申しわけないです」

「ま、どうぞ、こちらへ」

星野に案内されて受付近くの部屋に入った。会議室だろう、長いテーブルを挟んで十数脚の椅子が並んでいる。芳賀は土産の菓子折を差し出して、テーブルの端の椅子に腰をおろした。星野は部屋の照明を点けて、芳賀の前に座った。

「じゃ、富本銭を見せていただきましょうか」

いわれて、芳賀はアタッシェケースから桐箱を出して蓋をとった。星野は枝銭を手にとるなり、

「ダメですね」

と、小さくいった。「偽物です」

「贋物《がんぶつ》ですか……」

「五年ほど前に、この種の枝銭が出まわったようです。新聞沙汰にはならなかったから、芳賀さんはご存じないかもしれませんが、これとそっくり同じものをわたしは見ました」

芳賀と同じように、富本銭の枝銭を持ち込んできた古銭マニアがいた、と星野はいった。

「そっくり同じ、というのは」

「棹も枝も銭も、形状がいっしょなんです」

「そんなことがあるんですか」

「3Dプリンターです」

現在でいう〝3Dプリンター〟は一九八〇年ごろに発明されて多くのメーカーが商品化し、さまざまな技術開発を経つつ販売されたが、二〇〇九年に基本特許の保護期間が終了して、それまで数百万円だったものが数万円から数十万円で販売されるようになり、個人や家庭にも導入されるようになった、と星野はいった。「――携帯電話がスマホになって、マイクロコンピューター化したのと同じです。技術革新というのは凄まじい。このレベルの枝銭なら、寸分違《たが》わぬものが

造れます」

「ということは、これはプラスチックですか」

「樹脂製のコピーを原型にしたんです。その原型から鋳型をとって、溶けた銅を流し込めば、樹脂の枝銭が青銅製の枝銭に化けるというわけです」

鋳型から抜いた枝銭を酸性の薬品で腐食させて時代付けをすれば、きわめて出来のいい偽物がいくつでも造れる、と星野はいった。

「誰が造ったかは知りませんが、よく考えてますよ。富本銭そのものが偽物だったら、見る人が見れば判ります。でも、枝銭が偽物だとは考えないでしょう。……そう、プロの骨董屋さんならともかく、一般の古銭マニアなら騙されますね」

「その枝銭を持ち込んだひとは、買《こ》うた値段をいいましたか」

「いえ、聞いてません。でも、とても悔しそうな素振りでした」

「もし、この枝銭が本物やったら、いくらぐらいになりますかね」

「わたしは古美術商じゃないから分かりません」

「博物館の展示品として購入する場合は」

「美術品ではなく学術資料としてなら、十万円程度は予算計上するかもしれません」

星野は笑った。芳賀はいうかいうまいか迷ったが、

「正直にいいますと、この枝銭は洛鷹美術館の方からいただきました」

「洛鷹美術館……。誰ですか」

「名前はいえません。理事のおひとりです」

「その方は研究者ですか」

「ちがうように思います」

「でも、洛鷹美術館の理事ですよね。プロ中のプロがなぜ、こんな偽物を……」

「これは洛鷹美術館の所蔵品やなくて、理事さん個人のコレクションやと聞きました」

そう、榊原は枝銭が贋物と知っていて、芳賀への土産にしたのだ。榊原はゴミを棄ててすっきりしただろう。

「いや、ご丁寧なアドバイスをいただいて合点がいきました」頭をさげた。

「もう、いいんですか」

「充分です。ありがとうございました」

桐箱をアタッシェケースにもどした。


車に乗った。ふつふつと怒りが沸く。北浜の笙宣洞ともあろう老舗の主人が贋物を博物館に持ち込んだあげくに赤っ恥をかいたのだ。

エンジンのスタートボタンを押した。シートベルトを締める。

しかし、分からないのは相沢だ。あの、こすっからいネズミ顔が眼に浮かぶ。

榊原は贋物と知って枝銭を土産にしたのだろうが、それを相沢が買いたいといったのは奇妙だ。

相沢はむかし、古銭商売をしていた。古和同がどうの、慶長大判がこうのと蘊蓄《うんちく》も垂れていた。

そんな男が富本銭の目利きもできないのか。おかしい。相沢の動きには裏がある――。怒りが疑問に変わった。

芳賀は佐保に電話をして鑑定仲介の礼をいい、これからそちらに行くと伝えて、大和博物館をあとにした。

一時すぎ――。天神橋筋商店街近くのコインパーキングに車を駐め、美術年報社へ歩いた。古めかしい煉瓦タイル張りのテナントビルに入り、エレベーターのボタンを押した。

四階の美術年報社に入ると、佐保は窓際の席でパソコンを眺めていた。芳賀をみとめて小さく手をあげ、立ってそばに来た。相も変わらず肥っている。

「ちょうどよかった。外へ出ましょ」

この春から編集室は禁煙になったと、佐保はハンカチで額の汗を拭いた。

商店街の喫茶店に入った。席につくなり、佐保は煙草を吸いつけて、アイスコーヒーを、芳賀はアイスティーを注文した。

「いや、すっきりしました。星野さんは枝銭を見るなり、偽物やといいました」

「実をいうと、星野さんに鑑定を依頼して、富本銭の枝銭ですというた途端に、偽物でしょうね、という答えでした」

「佐保さんもひとがわるい。それならそうというてくれたらよかったのに」

「でも、実物を見せんことには、確たる判断をしてもらえんでしょう」

「けど、いまどきの贋物ですな。３Ｄプリンターを利用したコピー品でした」

「技術が進歩したらイカサマ師の手口も進歩する。イタチごっこですか」

佐保は笑って、「調べてみたら、この十年、３Ｄプリンターが普及するにつれて、富本銭と和同開珎の偽物《にせもん》が、枝銭も含めて出まわってるみたいです」

「それは星野さんから聞きはったんですか」

「いや、わたしも美術記者の端くれやからニュースソースはあります」

佐保の笑みが消えて真顔になった。「枝銭は洛鷹美術館から出たそうですね」

「えっ、なんでそれを……」

「芳賀さんから電話をもらったあと、星野さんに電話をして話を聞きました。差し支えなかったら、事情を聞かせてもらえんですか」

佐保が洛鷹美術館云々を知っているのなら、いまさら隠す必要はない――。

「佐保さんは誠之堂の相沢を知ってますか」

「面識はないけど、店は知ってます。空堀ですよね」

「その相沢が話を持ってきたんですわ。殷・周王朝の青銅器を買わんかと」

芳賀は経緯を話した。佐保は時おり質問を交えながら真剣に聞く。その質問は的確で、さすがに美術記者だと感心した――。

アイスコーヒーとアイスティーが来た。芳賀はアイスティーにミルクを落とす。

佐保は短くなった煙草を消し、また一本を抜いて火をつけた。

「――榊原さんの名刺はお持ちですか」

「はい……」まだ、カードケースに入っている。

「見せてもらえますか」

榊原と仙石の名刺を渡した。佐保は榊原の名刺を見て、

「榊原さんの携帯番号しか書いてませんね」

洛鷹美術館理事の肩書と美術館の住所はあるが、美術館の代表番号はないという。

「重文二点は別にして、所蔵品の売却を公にしとうないから、個人の番号にしたんとちがいますか」

「かもしれませんね」

佐保はスマホを出した。アドレス帳をスクロールして、キーをタップした。

「――美術年報社の佐保といいます。理事の榊原さんをお願いします。――なるほど、いまは非常勤ですか。じゃ、自宅の番号か携帯の番号を教えてもらえんでしょうか。――そら、そうですよね。……そうか、榊原さんは定年で退職されたんですか。――承知しました。あらためます」

佐保はスマホをおいた。「榊原は緋鷹酒造の常務で、洛鷹美術館の理事を兼任してました。そう、お飾りの理事でしょ。去年、緋鷹酒造を役員定年で退職して、いまは洛鷹美術館の非常勤理事です」榊原個人の電話番号は教えてくれなかったという。

「相沢は榊原さんのことを、理事会の代表幹事というてましたけどね」

「非常勤の理事が代表幹事はないでしょ。まして、所蔵品の売却をひとりで差配するのはおかし

い」

「佐保さんのいうとおりですな」

「芳賀さんが見た榊原氏はいくつぐらいでした」

「五十すぎです。仕立てのええスーツを着て、世馴れた感じがしました」

「普通、上場企業の役員定年は六十五から七十ですよね」

「すると、榊原さんは偽者《にせもん》ですか」

「その可能性大ですね」

驚いた。考えがまとまらない。

「ちょっと待ってください。ぼくがはじめて榊原さんに会うたんは洛鷹美術館の正面玄関ですわ。ぼくと相沢が階段をあがろうとしたとこへ、榊原さんと仙石さんが美術館から出てきて、玄関前で名刺を交換したんです。そのあと、四人で美術館に入ったんやけど、榊原さんは受付の女の子にひょいと手をあげただけでフリーパスでした」

「それは榊原と仙石が受付の前で待機してたからでしょ。そう、四人分の入館料は、榊原が事前に支払いを済ましてた。受付で手をあげたんは、はい、これで四人そろいましたよ、という合図でしょ」

「………」言葉が出なかった。

おれは騙されたんか。ペテン師にひっかかったんか——。

と、佐保が顔をあげた。芳賀の背後に視線を向ける。

芳賀は振り向いた。男が近づいてくる。『美術年報』の編集長、菊池《きくち》だった。

「お世話さんです。どうでした」佐保はいった。

「ガセや。どえらい怒られた」

菊池は佐保の隣に座ってアイスコーヒーを注文し、芳賀を見て、「佐保の頼みで、洛鷹美術館館長の河嶋さんと、理事長……緋鷹酒造の赤木会長に電話をして、青銅器売却のネタをアテましたんや。河嶋さんはそうでもなかったけど、赤木さんは怒りましたな。洛鷹美術館のルーツは戦前から蒐めた中国や日本の酒器やぞ、とね。ほうほうの体《てい》で謝りましたわ」今後、緋鷹酒造からの出稿はないだろう、と菊池は笑った。

「芳賀さん、わたしの見立てをいいましょか」

佐保が向き直った。「榊原は地面師やないですかね」

「地面師……」

「知ってはりますやろ。去年、東峰《とうほう》ハウスが地面師に架空の土地取引で五十億、騙しとられた事件を」

「ああ、ありましたな。赤坂の料亭跡でしたな」

笙宜洞も元は料亭だったから、事件のことはよく憶えている。

「地面師は他人の土地を売る。榊原は他人の青銅器を売る。関係者に成り済ました架空取引は地面師の手口ですわ」

「ほな、なんですか。仙石も相沢もペテン師の仲間ですか」

「仙石はまちがいなく、詐欺師ですね。相沢も榊原と仙石の片棒を担いでますわ」

「なんと、骨董屋の風上にもおけんワルや」

「よほど、金に困ってるんでしょ」

「相沢が贋物の枝銭を買いにきた理由はなんです」

「榊原は保険をかけたんです。相沢が枝銭を買いとったら偽物とバレることはない。……なおかつ、榊原は芳賀さんに恩も売れるし、洛鷹美術館の理事やと思い込ませることもできる。枝銭はもともと相沢の持ちもんやったんでしょ」

「なにからなにまで謀りごとやったんか……」

力が抜けた。「海老で鯛を釣られかけたんや」

「榊原が送ってきた青銅器の写真は」

「あります。十二枚」いまは皆木恒産の会長室にあるといった。

「その封筒は洛鷹美術館の封筒でしたか」

「いや、レターパックにクリアファイルが入ってました」

「青銅器の点数は」

「三つです。六花形盒子と象頭形卣、海獣葡萄文洗」

「榊原はその三点の偽物を持ってるんでしょ」

「こいつは根が深いな」

菊池がいった。「ほかにも洛鷹美術館に誘《おび》き出されて、騙されてるひとがおるはずや」

「六花形盒子を買うと、榊原にいうたんですか」佐保が訊いた。

「先週、返事をしました。皆木さんの名前は出してません」

「取引は」

「この連休のあとです」

「芳賀さんは、榊原、仙石、相沢をどうしたいですか」

「このままにしとくわけにはいかん。ほかにも被害が出ますわ」

「となると、警察に逮捕してもらわんといかんですな」

菊池がいった。「ぼくの高校の同級生が府警本部にいてます。生安課の班長やけど、そいつに相談して、二課の刑事を紹介してもろてもよろしいか」

「けっこうです。そうしてください」

「ほな、あとは任せてください」

この顚末は『アートワース』のスクープになる、と菊池はいった。

記事にするのはいいが、筐宜洞と皆木恒産の名は伏せてくれ、と芳賀は念を押した。

7

五月十一日、午後——。榊原、仙石、相沢が筐宜洞に来た。月曜は定休日だから、野田はいない。芳賀は三人を応接室に招じ入れた。サイドボード上の花生《はないけ》には、二課の刑事がカメラをセットしている。

「それでは、お改めください」

仙石が風呂敷包みをテーブルにおいた。包みを解いて桐箱の蓋をとる。鶯文六花形盒子が現れた。

芳賀はうなずいて、小切手を取りだした。三千三百万円だ。むろん、通用はしない。

仙石は一礼して小切手を手にとり、額面を確かめて上着の内ポケットに収めた。

「ありがとうございました。今後ともよろしくお願いします」

仙石が領収証を出したとき、ドアが開いた。スーツ姿の男が六人、入ってきて、

「はい、そこまで」ひとりがいった。

「なんです、あんたら」相沢は怯えている。

「警察です」

もうひとりが警察手帳を見せた。「おたく、相沢章雄《あきお》さん」

相沢は力なくうなずいた。

「おたくは坂本和義さんやね」

榊原は横を向いた。

「おたくは石川敦彦さん」

刑事は仙石にいい、「お三方に訊きたいことがある。土佐堀署まで同行願えますか」

「任意同行？」榊原が訊いた。

「ま、そうです」

「じゃ、お断りだ」

「おたくら三人には逮捕状《キップ》が出てる。被疑罪名は詐欺。任同がいやならここで逮捕するんやけど、手錠《ワッパ》をかけんといかんのや」

「……」榊原は舌打ちした。

「石川さん、小切手を返そか」

仙石は小切手を出してテーブルにおいた。

「ほら、行こか」

三人は立ちあがった。六人の刑事が両脇から腕をとる。

榊原は上を向き、笑い声を洩らしながら出ていった。


芳賀は佐保に電話をした。

——終わりました。

——そら、よかった。

——肩の荷がおりました。

府警捜査二課の調べによると、榊原こと坂本和義《さかもとかずよし》は佐保の見立てどおり、地面師だった。七年前に東京吉祥寺の土地の架空取引で逮捕され、一昨年の春に出所して旧知の詐欺仲間の石《いし》川敦彦《かわあつひこ》と組み、贋物の富本銭と和同開珎で稼いできたという。

捜査二課は洛鷹美術館の訊き込みもした。去年の夏、東京の私立美術館に依頼されて青銅器コレクションの一部を展示用に貸し出したことがあり、そこに象頭形卣、海獣葡萄文洗、鶯文六花形盒子が含まれていた。私立美術館が悪意をもって貸し出しを依頼したとは考えられないため、図録の撮影時に３Ｄコピーをされた可能性が高い。そこは今後の坂本たちの取調べで明らかになるだろう。

――今週、新地あたりで食事をしますか。

――佐保さんには、ずいぶんお世話になりました。ごちそうしますわ。

――いやいや、それはこっちにもたせてください。菊池も同席しますから。

――なんやしらん、取材みたいですな。

――皆木さんにも声をかけましょか。

――佐保さん、洒落がきついわ。

皆木には、連休中に、「話が流れた」と電話で伝えた。

「あ、そう」と、さほど残念そうな口ぶりではなかった。

装画　黒川雅子
装丁　フィールドワーク（田中和枝）

初出誌「オール讀物」

マケット　二〇一五年八月号
上代裂　二〇一八年四月号
ヒタチヤ　ロイヤル　二〇一五年二月号
乾隆御墨　二〇一九年七月号
栖芳写し　二〇一六年九月号
鶯文六花形盒子　二〇二〇年六月号

黒川博行（くろかわ・ひろゆき）

一九四九年、愛媛県生まれ。京都市立芸術大学卒業。高校の美術教師を経て、八三年『二度のお別れ』が第一回サントリーミステリー大賞佳作、八六年『キャッツアイころがった』が第四回の同賞大賞を受賞し、作家活動に入る。九六年「カウント・プラン」で第四九回日本推理作家協会賞、二〇一四年『破門』で第一五一回直木賞を受賞。

ほかの著書に『疫病神』『国境』『後妻業』『泥濘』『桃源』など多数。

騙《かた》る

二〇二〇年十二月十五日　第一刷発行

著　者　黒川博行《くろかわひろゆき》

発行者　大川繁樹

発行所　株式会社　文藝春秋

〒一〇二―八〇〇八
東京都千代田区紀尾井町三―二三
電話　〇三―三二六五―一二一一

印刷所　凸版印刷

製本所　大口製本

組　版　萩原印刷

ISBN978-4-16-391305-6